Wilhelm Matthießen
Das Rote U

Der Autor:

Wilhelm Matthießen wurde 1891 in Gmünd geboren; er studierte Philosophie und promovierte zum Dr. phil. Er schrieb schon früh Beiträge für Zeitungen, bald Romane für Erwachsene und schließlich Kinderbücher, die schnell zu großem Erfolg führten. Die letzten Lebensjahre verbrachte der Autor als Bibliothekar in München, Steinach und Straubing. Er starb 1965.
Weitere Titel von Wilhelm Matthießen bei dtv junior: siehe Seite 4

Wilhelm Matthießen

Das Rote U

Eine Detektivgeschichte

Mit Zeichnungen von Fritz Loehr

Deutscher Taschenbuch Verlag

›Das Rote U‹ erschien erstmals 1932
im Hermann Schaffstein Verlag

Von Wilhelm Matthießen ist außerdem
bei dtv junior lieferbar:

Das Rote U, dtv junior 70057

Limitierte Sonderausgabe
Leicht überarbeiteter Text
auf der Grundlage der Ausgabe von 1932
Bearbeitete Neuausgabe nach den Regeln
der Rechtschreibreform
November 1998
© 1985 für die Taschenbuchausgabe:
Deutscher Taschenbuch Verlag GmbH & Co. KG,
München
Umschlagkonzept: Balk & Brumshagen
Umschlagbild: Ingrid Kellner nach
einer Zeichnung von Fritz Loehr
Gesamtherstellung: Ebner Ulm
Printed in Germany · ISBN 3-423-08467-7

Inhalt

Der geheimnisvolle Brief 7
Die Villa Jück 24
Eine merkwürdige Namenstagsfeier 40
Von Kaninchenräubern und
einer schweren Aufgabe 61
Ein sonderbares Schuljubiläum 84
Die Detektive 102
Ein Junge ist verschwunden 124
Das Rote U 153

Der geheimnisvolle Brief

Woher ich diese Geschichte oder diese Geschichten weiß? Ausgedacht habe ich sie mir gewiss nicht. Wer könnte sich überhaupt so etwas ausdenken? Nein, das alles hat mir der Herr Behrmann erzählt. Und nun wollt ihr natürlich gleich wissen, wer der Herr Behrmann ist. Aber da müsst ihr noch ein bisschen Geduld haben. Immer hübsch eines nach dem andern. Und ihr werdet den Herrn Behrmann schon kennen lernen. Vorläufig ist er ein paar Tage bei mir zu Besuch. Und manchmal kommt er dann in meine Stube, wo ich am Schreiben bin, seine kurze Pfeife qualmt und ich reiche ihm die letzten Seiten, die ich geschrieben habe ...

»Hier lies mal, Behrmann, ob da auch alles richtig ist –«

Ja, und dann nimmt Herr Behrmann die Blätter, liest und raucht dabei. Ein Blatt nach dem andern legt er wieder hin, nickt nur und sagt nichts. Das ist mir auch das Liebste. Denn dann weiß ich, dass alles seine Richtigkeit hat, was ich geschrieben habe. Aber oft sagt er auch: »Du, diese Seite schreib lieber noch einmal! Denn die Sache war doch so und so! Ich habe dir doch alles genau erzählt! Dass ihr Dichter auch immer was dazuerfinden müsst!«

Und dann erzählt er's mir noch einmal. Ja, und dann

sehe ich, dass das, was der Herr Behrmann erzählt, der doch wirklich dabei gewesen ist, wirklich viel schöner ist als das, was ich dazugeschrieben habe. Ich hab es mir dann auch ganz abgewöhnt, das Drumherumerzählen. Und Herr Behrmann ist bald ganz zufrieden gewesen. Aber wie ich nun alles so genau aufgeschrieben habe, da hatte ich natürlich auch die Stadt genannt, in der die Sache geschehen ist. Aber das war nun dem Herrn Behrmann wieder nicht recht.

»Nein, das musst du auslassen«, sagte er, »denn was denkst du wohl – die Schulkinder dort würden vor Stolz ja platzen, und weiß Gott, vielleicht kämen die Leute her und machten aus der wunderbaren alten Schule ein Museum oder so was ... Jetzt aber weiß eigentlich noch kein Mensch, nur die Schulkinder und die Lehrer dort, dass es diese alte Schule überhaupt gibt, und die sagen's gewiss nicht weiter, die sind froh, dass sie diese Schule haben ...«

Ja, es stimmt schon: Das ist die schönste alte Schule, die jemals in einer großen Stadt am Rhein gewesen ist, und dazu in einer ganz neumodischen Stadt. Freilich hat die Schule in der Altstadt gelegen, und weil diese Altstadt gar nicht so berühmt war wie andere, ist auch so leicht kein Fremder hingekommen. Diese Altstadt gehörte ganz den Leuten, die dort wohnten, und den Kindern. Und die Schule war nun mal ganz und gar Eigentum der Kinder. Früher, schon länger als hundert Jahre ist es her, da war die Schule, oder wenigstens ein Teil von ihr, ein Kloster. Im Turnsaal sieht man noch heute an der Decke Bilder vom heiligen Antonius, wie er den Fischen predigt, und kletterst du an der mittleren Kletterstange bis oben hinauf, dann sperrt gerade über dir ein mächtiger Haifisch das Maul auf. Die Klosterkirche steht heute noch da, und auch die alten Klostergebäude. Aber darin wohnt jetzt der Pfarrer mit seinen Kaplänen. Man braucht nur vom Schulhof über die Mauer zu klettern, dann ist man da – in dem Gärtchen davor.

Dies Gärtchen ist ganz verwildert. Und zwischen Weißdorn und Holunderbäumen stehn, aus Stein gehauen und halb von Efeu umwuchert, riesengroße steinerne Heiligenfiguren. Und von dem wilden Gärtchen aus kann man in einen Keller hinab – die Kellertüre ist zwar längst zerbrochen, aber man findet das Loch nicht so leicht, weil es ganz mit wildem Wein bewachsen ist. Und dann geht man eine verfallene Treppe hinab und kommt durch finstere Gänge in schwarze Gewölbe; darin hausen Fledermäuse und allerlei anderes Nachtgetier und mitunter findet man sogar einen bleichen Totenschädel. Auch in der Schule selbst gab es noch alte Gänge, in denen hallte es so hohl, wenn man hindurchging; und an den gekalkten Wänden hingen die düsteren Bilder der alten Fürsten und Mönche. Hinter den Bildern aber und unter den brüchigen Bretterfußböden raschelten die Mäuse. Auch in den Klassenzimmern piepte es, wenn die Kinder ganz still waren, manchmal unter den Dielen und oft liefen die Mäuse um das Pult und vor den Bänken herum und suchten sich die Brotkrümchen, die die Kinder übrig gelassen hatten. Erst wenn der Lehrer mit dem Zeigestock auf das Pult oder an die Tafel schlug, flitzten sie weg in ihre Löcher.

Und jetzt schlug der Lehrer auch wieder auf den schwarzen Holzdeckel, dass es nur so krachte. Denn die Zehnuhrpause war eben um, die andern Kinder saßen schon alle auf ihren Plätzen – da kamen noch, ganz zuallerletzt, eine gute Weile nach dem Lehrer, zwei Jungen hereingestolpert ins Klassenzimmer. Rasch ging ihr Atem und hochrot waren ihre Köpfe.

»Ihr Lümmel!«, rief der Lehrer, »warum kommt ihr nicht sofort, wenn es geschellt hat? Und immer sind es dieselben! Wie oft soll ich es euch noch sagen?«

»Ich habe mir noch drüben bei der Frau Schmitz einen Bleistift geholt«, sagte der eine Junge, »und es waren so viele Leute im Geschäft, da musste ich warten –«

»Zeig mal her den Bleistift!«, sagte der Lehrer.

Der Junge kramte eine Weile in allen Taschen, aber gar nicht ängstlich, vielleicht wollte er nur den Lehrer ärgern – und schließlich hielt er dann den nagelneuen Bleistift hoch.

»Schert euch auf eure Plätze!«, sagte der Lehrer, »und wenn das noch mal vorkommt mit euch zweien, dann hat es gerappelt!«

Die Jungen drehten sich um und trampelten zwischen den Reihen der Bänke ins Klassenzimmer zurück. Der Lehrer konnte nicht sehen, wie sie alle beide verstohlen grinsten. Denn jeder hatte immer einen neuen Bleistift, einen neuen Radiergummi oder etwas Ähnliches in der Tasche – nie hätte der Lehrer sie bei einer Lüge ertappen können. Wochenlang blieben aber auch diese Bleistifte neu und spitz ... und ängstlich wurden sie geschont ... O ja, das hatte schon seine Gründe!

»Lesebücher raus!«, befahl der Lehrer.

Klappern, Seitenrascheln, Bücherblättern in der ganzen Klasse – und der Junge wollte den Bleistift gerade wieder sorgfältig einpacken –, da auf einmal – ruck! – saß er ganz stille und starrte mit weiten Augen in sein Lesebuch ... Was war denn das? Wer hatte den Zettel da hineingetan ... Der war doch vorher noch nicht darin gewesen! Als es schellte, zur Pause, hatten sie gerade von Karl dem Großen gelesen und der Lehrer hatte gesagt: »Nachher lesen wir weiter –« Ja, und gerade bei Karl dem Großen lag jetzt der Zettel!

Mit dem Ellenbogen stieß der Junge leise seinen Nachbarn an – der war der andere von den Zuspätgekommenen ... »Boddas«, hauchte er, »sieh mal hier ... das war im Lesebuch –«

Eigentlich war der Familienname des Jungen ja Boden, Wilhelm Boden, aber Wilhelm Boden, so sagte nur der Lehrer. Die anderen Jungen sagten einfach Boddas. Schon seit Jahren war das so. Der Wilhelm Boden wusste gewiss selber nicht mehr, wie er richtig hieß ...

»Boden, lies weiter!«, hörte er da wie aus weiter, weiter Ferne den Lehrer rufen.

Der Junge wusste nicht wo und was. Er machte nur seinen Mund, der ein bisschen zu klein war, so rund wie ein Karpfen. Aber dann stotterte er:

»Als Karl der Große U von seiner ...«

»Was liest du denn da für einen Unsinn?«

Schon verbesserte sich Boddas:

»Als Karl der Große von seiner Romfahrt zurückkehrte, da befahl er seinen Räten sich Punkt sechs Uhr in der Villa —«

Der Lehrer schlug auf das Pult.

»Setz dich!«

Und ein anderer musste weiterlesen.

Boddas schämte sich. Sonst war er doch wirklich der Dümmste nicht. Lesen konnte er wie nur einer. Die Zeitung las er schon von oben bis unten, und wenn er einen Karl May erwischen konnte, dann las er den auch, sogar die schweren Namen konnte er lesen und Hadschi Halef Omar ben Hadschi Abul Abbas ibn Hadschi Dawuhd el Gossarah — diesen meilenlangen Namen konnte er sogar auswendig. Aber jetzt! — Nein, da hätte der Lehrer ja selber nicht lesen können! Dieser Zettel im Lesebuch seines Freundes Mala hatte ihn ganz außer Rand und Band gebracht ...

Mala? Ja, so hieß der Junge seit dem vorigen Jahr, wo sie in der Schule Spanien durchgenommen hatten. In Spanien gab es nämlich einen Berg, der hieß Maladetta. »Das heißt ›Die Verfluchte‹«, hatte der Lehrer erklärt. Und weil nun der Matthias Schlösser so schrecklich fluchen konnte, da riefen ihn die anderen Jungen jetzt einfach statt mit seinem ehrlichen Vornamen Matthias nur noch Mala. Und bei Mala blieb es.

»Mala, zeig mal«, flüsterte Boddas jetzt, »ich war noch nicht fertig —«

Aber Mala saß da, mit hochrotem Kopf, die Hände wie eine Mauer schützend um das Buch gelegt. Und Boddas hörte ihn tief und rasch atmen. Erst als Boddas ihn noch einmal anstieß, schaute Mala auf und seine Augen waren ganz verstört. Mit zitternden Fingern knüllte er den Zettel in seinem Buch zusammen und reichte ihn unter der Bank her verstohlen an Boddas. Der strich ihn schnell auf der Buchseite glatt – im Augenblick würde der Lehrer ihn ja doch nicht mehr aufrufen. Er brauchte also keine Angst zu haben ...

Es war ein Zettel, nicht größer als eine halbe Postkarte, und Boddas fuhr mit dem Zeigefinger die engen Schreibmaschinenzeilen entlang. Und Boddas las diese Worte:

Mala, Boddas, Döll, Knöres und Silli, ihr seid erkannt! Dem großen Roten U ist es zu Ohren gekommen, dass ihr eine Bande seid und allerhand Streiche macht. Eigentlich sollte das Rote U euch bei der Polizei anzeigen. Aber das Rote U hat etwas anderes über euch beschlossen. Das Rote U wird jetzt euer Hauptmann sein und nicht mehr Boddas oder Mala. Nie werdet ihr das Rote U zu sehen kriegen. Ihr werdet die Befehle des Roten U stets irgendwo in euren Büchern, in euren Schultaschen, in euren Butterbrotpapieren finden. Und wehe euch, wenn ihr nicht gehorcht! Dann wird der Lehrer einen Brief von dem Roten U bekommen, in dem all eure bösen Taten stehen, dass ihr im alten Klostergarten mit eurem Luftgewehr die Karnickel schießt, dass ihr dem Hausmeister die Mäuse aus den Mausefallen laufen lasst, und einmal habt ihr dem Lehrer sogar eine Maus in das Pult getan. Aber der Lehrer hat es nicht gemerkt. Und daran, dass ich, das Rote U, es weiß, daran könnt ihr sehen, dass das Rote U alles weiß! Hütet euch vor ihm! Heute Abend, genau um sechs Uhr, habt ihr in der Villa Jück zu sein und da werdet ihr weitere Befehle von mir finden. Wie ihr da hineinkommt, das ist eure Sache!

Das Rote U

So las Boddas und seine Augen hatte er dabei aufgerissen, als schaute er in ein brennendes Haus. Dann las er den Zettel noch einmal und noch einmal und immer mehr sah er ein, dass da ganz und gar nichts zu machen war. Das Rote U hatte sie in der Gewalt.

Der Brief flimmerte Boddas bald vor den Augen, zumal das U sogar immer in roter Farbe getippt war. Rot wie Blut! Und die U's tanzten bald wie böse Flämmchen auf dem Papier herum. Da faltete er schnell den Zettel zusammen und steckte ihn in die Tasche. Und sah Mala an. Und Mala ihn. Und einer nach dem andern zuckte die Schultern.

Die Stunde ging weiter. Den beiden Jungen war es, als spräche der Lehrer durch einen Nebel, in dem lauter rote U's herumwirbelten. Noch ein paar Mal wurden sie aufgerufen, aber sie gaben wieder verwirrte und verstotterte Antworten ... Gott sei Dank nur, dass heute die Schule schon um elf Uhr aus war! Dann konnten sie endlich mit Döll, Knöres und Silli sprechen. Oh, was würden die für Augen machen! Aber vielleicht würde Silli einen Rat wissen. Silli war das einzige Mädchen in der Bande und hatte ein helles Köpfchen. Sonst wäre sie auch gar nicht aufgenommen worden, obwohl sie Boddas' Schwester war. Und es hatte Boddas auch allerlei Mühe gekostet, seine Freunde von Sillis Wert zu überzeugen. Freilich, nachher hätten sie das schlaue blonde Mädel nicht mehr missen mögen. Keiner konnte so lecker Karnickel braten wie sie, konnte so wunderbar die zerrissenen Jacken und Hosen flicken; und wenn es irgendwo keinen Ausweg mehr gab – Silli wusste gewiss den aller-, allerletzten noch zu finden.

Dabei beruhigten sich die Jungen ein wenig, und als es endlich schellte, da waren sie die Ersten, die aus dem Klassenzimmer hinausrannten, und fast hätten sie den blassen, etwas buckligen Ühl dabei umgerannt. Denn der Ühl, der Klügste in der ganzen Klasse, saß gerade neben der Türe in der hintersten Ecke. Der Lehrer konnte den armen Jungen ruhig dahinsetzen, denn er brauchte ihn wirklich nicht immer unter den Augen zu haben. Der Ühl war brav und fleißig, wusste alles am besten und darum konnten ihn die anderen Kinder auch nicht besonders gut leiden. Auf dem Schulhof stand er immer allein herum, besah sich mit seinen großen blauen Augen das fröhliche Spiel der Kameraden und selber durfte er nicht mittun. Aber der Junge beklagte sich nicht. Er war es so gewohnt. Und als ihn jetzt der Boddas beinahe über den Haufen stieß, lachte er nur und rief: »Da hätte ich dich beinahe umgerannt, Boddas!«

Aber Boddas schaute ihn nur mitleidig und verächtlich von der Seite an, stampfte mit seinen schwer genagelten Stiefeln neben Mala über den Gang, dann schwangen sich beide auf das Treppengeländer und sausten wie der Blitz in die Tiefe.

Vor der Schule warteten schon Döll und Knöres. Die waren beide ein Jahr jünger als Mala und Boddas, doch schon tüchtige Kerle. Man sah auch gleich, dass sie zu der Bande gehörten, denn die Mützen hatten sie schief auf dem Kopf sitzen, die Hände tief in den Hosentaschen und alle Augenblicke spuckte Knöres in weitem Bogen über die halbe Straße weg wie ein alter Rheinschiffer. Döll – er war der Einzige, der wirklich so hieß –, Döll war der größere und stärkere von beiden. Knöres – kein Mensch wusste, weshalb er so genannt wurde – war der kleinste von allen, aber auch der flinkste. Augen hatte er wie ein Mäuschen, so schwarz und so rund, und auch seine Zähnchen waren so weiß und so klein und spitz. Der Döll aber, wohl zwei Hände breit größer, hatte einen dicken kantigen Kopf, raues borstiges Haar, einen breiten Mund und dicke Fäuste. Wehe dem, der ihm in die Finger geriet! Dann machte er ein paar Augen, als spritzte Feuer heraus, und mit seinen Fäusten schlug er drein wie mit Schmiedehämmern.

Aber jetzt war Silli zu ihnen getreten und sie lächelte boshaft aus den Augenwinkeln:

»Seht mal den Boddas und den Mala!«, sagte sie – die beiden kamen nämlich gerade die Schultreppe heruntergestolpert –, »die haben sicher Maikäfer in den Ohren –«

»Oder der Lehrer hat ihnen Süßholz gegeben –«, zischelte Knöres.

Das hörte Mala noch.

»Du kannst gefälligst deinen Mund halten, Knöres«, sagte er, »und jetzt kommt mal alle mit ... Es sind da Geschichten passiert –«

Sie sahen ihn erschrocken an. Und nun nickte Boddas auch: »Fürchterliche Sachen, ja! Wir müssen sofort darüber reden. Ich denke, wir gehen an den Rhein ...«

»Ja, aber was ...«, fragte Silli.

»Willst du wohl schweigen!«, fuhr Mala sie an und böse schaute er zu dem buckligen Ühl hinüber, der eben an ihnen vorbeilief, gerade seiner Mutter in die Arme, die ihn fast jeden Morgen abholte. Eine feine Frau war sie, die Frau Landgerichtsrat Bernhard, und deshalb fanden die anderen Jungen den armen Ühl noch viel lächerlicher. Mit spitzen höhnischen Mündern machten sie's ihm immer nach: »Guten Tag, Mama.« – »Sieh da, mein lieber Junge.« Für so etwas hatten sie wirklich nur ein Lachen übrig ...

»Nein«, sagte Mala jetzt, »an den Rhein, das ist auch nichts ... Da könnte uns doch einer belauschen und dann wäre natürlich alles verloren! Gehen wir lieber zu Dölls ... Wie ist es, Döll, arbeitet ihr heute auf dem Speicher?«

»Ich glaube nicht«, sagte Döll, »und wenn auch mal ein Arbeiter raufklettert und einen Sack Mehl holt, dann halten wir uns einfach mucksstille und er schiebt wieder ab –«

Dölls Eltern hatten nämlich ein großes Mühlenlager und bald huschten denn auch die Kinder durch den breiten Torweg, unter den Mühlenwagen durch. Niemand bemerkte sie, sogar Dölls Mutter nicht, die gerade über den Hof kam. Döll sah sie mit einem großen Drahtkorb voll Spinat dicht neben dem Wagen hergehen, unter dem er gerade steckte, und er lachte über das ganze Gesicht. Denn Spinat mit Eiern, das war sein Lieblingsessen. Davon konnte er drei Teller voll verschlingen.

Jetzt waren sie in dem Wagenschuppen und geschwind wie Wieselchen huschten sie die mehlbestaubte Holztreppe hinauf, Döll stieß die Speicherklappe hoch, einer nach dem andern verschwand dahinter, dann machten sie die Klappe leise wieder zu, turnten über die Säcke mit Mehl, Erbsen, Mais und Hühnerfutter weg und bald hockten sie zusammen in ihrem alten Winkel unter den Dachsparren. Die Kisten und Kasten dort hatten sie wie eine Mauer herumgestellt und so konnten wirklich nur die Katzen sie hier finden.

»Hat einer seine Taschenlampe da?«, fragte Boddas, als sie so in ihrem Winkel zusammenhockten. Denn kaum ein Lichtstrahl fiel zwischen den schweren Dachpfannen durch.

»Taschenlampe? Wozu?«, fragte Silli.

»Das wirst du schon sehen!«, knurrte Mala, »Boddas, hast du den Zettel?«

Der Lichtkegel eines elektrischen Lämpchens flirrte durch die Finsternis und Millionen Mehlstäubchen tanzten in dem weißen Strahl.

»Also diesen Wisch hier, den Boddas da in den Fingern hat«, erklärte Mala jetzt, »fand ich heut nach der Zehnuhrpause in meinem Lesebuch, gerade bei Karl dem Großen. Boddas und ich und Knöres waren in

der Pause ein bisschen drüben im Klostergarten, drum sind wir auch zu spät gekommen ... Wir konnten doch nicht zurückklettern, wo all die Lehrer noch auf dem Hof waren. Nun lies mal vor, Boddas!«

Und Boddas las, leise und doch so aufgeregt, dass Mala immer zischelte: »Schrei doch nicht so –«

Aber schon war Boddas fertig und er knipste die Lampe aus. So konnte denn keiner die entsetzten Augen der anderen sehen. Aber sie spürten alle, wie ihre Herzen klopften.

»Was sagt ihr jetzt?«, flüsterte Mala nach einer Weile.

»Und die U's sind sämtlich rot geschrieben!«, fügte Boddas mit düsterer Stimme hinzu.

»Lass mich doch auch mal sehen!«, hauchte Silli.

Wieder flirrte das Lämpchen, der Zettel knisterte und über Sillis Schultern schauten Döll und Knöres in das schreckliche Blatt.

Jetzt ließ das Mädchen den Zettel sinken.

»Licht aus!«, sagte sie, »wenn einer den Schein sieht, dann ist es aus mit uns!«

»Das ist es auch so!«, brummte Döll traurig.

»Was fangen wir nur an?«, fragte Mala.

»Wenn wir nur wüssten, wer das geschrieben hat«, flüsterte Knöres, »dann –«

»Was dann?«, unkte Mala.

»Dann haute ich ihm die Hucke voll!«, knurrte Döll und die anderen hörten seine Zähne im Dunkel knirschen.

»Mach dich doch nicht lächerlich«, brummte Boddas, »gegen das Rote U kannst du gar nicht ankommen ...«

»Allah verdamme es in die unterste Hölle!«, fluchte Mala.

»Damit kommen wir nicht weiter«, flüsterte Silli, »sicher hat sich irgendein Verbrecher in der Pause eingeschlichen und dir den Zettel ins Buch getan und jetzt erpresst der uns für die Bande vom Roten U ... Der weiß, dass wir gut schleichen können, natürlich, und dann müssen wir des Nachts mit den Einbrechern los – wisst ihr was? Ihr gebt den Zettel an der Polizei ab ...«

»Bist du verrückt, Silli?«, rief Knöres, »dann kommt ja alles raus von uns! Dass wir die Karnickel schießen! Dass wir dem Polizisten einen Zettel hinten an den Rock gesteckt haben – du, das gibt sicher Zuchthaus!«

Silli schüttelte den Kopf: »Und wenn wir mit dem Roten U anfangen, dann kommen wir noch viel länger ins Zuchthaus, da könnt ihr Gift drauf nehmen! Aber vielleicht sind die Polizisten froh, wenn wir ihnen die Bande vom Roten U verraten, dann kriegen wir nur eine Tracht Hiebe, und davon ist noch keiner gestorben –«

»Nein, Silli«, sagte Boddas, »das nicht, aber eine Ehre ist es gerade auch nicht! Und woher willst du überhaupt wissen, was das Rote U will? Vielleicht ist es ein hochanständiger Räuber und das wäre doch was für uns!«

»Ich will euch was sagen«, flüsterte Knöres und im Schein eines winzigen Sonnenstrahls, der durch eine Lücke zwischen den Dachpfannen flirrte, sahen sie seine schwarzen Mausaugen funkeln, »die Silli hat Recht und der Boddas hat auch Recht. Aber es wär eine Schande für uns, wenn wir uns von dem Roten

U Bange machen ließen! Nein, wir gehen einfach hin und dann sehen wir schon, was er will! Und ich glaube ja auch, dass wir für ihn einbrechen sollen. Das ist nun mal pottsicher. Und das tun wir dann einfach auch, aber vorher schreiben wir ein Briefchen an die Polizei. Hier diesen Wisch hinzuschicken hat ja gar keinen Zweck. Die lachen uns nur aus. Aber wenn wir sagen können: Herr Polizist, das Rote U will diese Nacht da und da einbrechen – am besten geht Silli mit dem Brief aufs Präsidium –, ja, dann wird der Oberpolizist sagen: Fräulein Sybilla Boden, wir bedanken uns auch recht schön für Ihre werte Nachricht und Ihr Herr Bruder Wilhelm und die anderen Herren können gleich bei uns eintreten als Detektive ... Ja, so wird es kommen! Was meint ihr dazu?«

»Der Teufel soll dich holen, Knöres«, rief Mala, »das ist mal eine Idee! Was, Boddas?«

Und er sprang auf und schlug den Freund mit der Faust auf die Schulter. Im gleichen Augenblick gab es einen Krach, als wenn der Speicher einstürzte – Mala hatte beim Aufspringen die Kistenwand aus dem Gleichgewicht gebracht und mit Donnergepolter stürzten die Nudel- und Makkaronikisten in einen wüsten Haufen zusammen. Drunter zappelten Arme und Beine und drüber stand eine Wolke von Staubqualm. Als aber der Lagerknecht hinaufkam, das elektrische Licht andrehte und umherschaute, was da geschehen wäre, da war alles schon wieder totenstill, nur in den wenigen Sonnenstrahlen über dem Kistenhaufen wirbelte noch der Staub und die große weißgelbe Katze schlich über die Dachbalken.

Die Villa Jück

Der Herbsttag war sonnig und schön gewesen, aber je weiter es auf den Abend und die Dämmerung ging, desto mehr zogen sich in dem immer stärker vom Rhein her wehenden Westwind die schwarzen Wolken zusammen, und als in der Altstadt die Laternen aufbrannten, sprühte schon ein feiner Regen über die Dächer und in die engen Straßen. Bald wurden die Tropfen dicker und dicker und schließlich regnete es in Strömen. Wie leer gefegt waren die Straßen und die wenigen Leute, die noch da und dort gingen, hielten die Regenschirme gegen den steif wehenden Wind fest in den Fäusten, dicht über den Köpfen.

»Besser konnt es ja gar nicht kommen!«, sagte Silli, »jetzt sieht uns keine Katze!«

Arm in Arm mit Mala und ihrem Bruder Boddas ging sie durch ein windiges glitschiges Gässchen dem Rhein zu. Einen Schirm hatte nicht einmal das Mädchen. Der war zu hinderlich bei dem, was sie vorhatten. Aber die Kapuzen ihrer Regenmäntel hatten sie über die Köpfe gezogen bis tief in die Gesichter hinein.

»Ob Knöres und Döll da sind?«, meinte Mala.

»Ach, die werden zu Haus schon eine Ausrede gehabt haben, genau wie wir auch.«

Wieder schwiegen sie. Und je näher sie dem Rhein

kamen, desto schwerer mussten sie gegen den Wind ankämpfen. Endlich, die Uhr von Sankt Lambertus schlug halb sechs, standen sie an dem Strom und der wälzte sich düster im sprühenden Regen unter dem abenddunklen Himmel hin.

»Laderampe 87«, sagte Boddas, » – man sieht ja kaum mehr die Hand vor den Augen.«

»Hier ist es«, meinte Silli.

»Nein, hier ist 92 ... ich könnte die Nummern in stockdüsterer Nacht finden –«

Silli packte plötzlich die beiden an den Armen.

»Drüben steht ein Polizist!«, flüsterte sie.

Ja, nun sahen sie es auch ganz deutlich. Gerade vor der Gasse, in der die Villa Jück lag, sahen sie die Uniformknöpfe im Schein einer Laterne blitzen.

Sie blieben stehen und sahen sich an.

»Wie sollen wir jetzt hereinkommen?«, fragte Boddas.

»Vielleicht« – Mala bekam vor Schrecken ganz große Augen –, »weiß Gott, vielleicht hat das Rote U ganz genau dasselbe getan, was wir tun wollten. Es hat der Polizei geschrieben, hat geschrieben: Heut Abend um sechs Uhr kommt die Altstadtbande in die Villa Jück – ja, und nun steht schon der Polizist da –«

Jetzt war es klar, warum das Rote U sie gerade an die berüchtigte Villa Jück bestellt hatte! Mit der Villa Jück hatte die Polizei ja schon vor zwei Jahren mal eine Geschichte gehabt. Diese »Villa« war nämlich ein uraltes Häuschen, in dem, so weit die Kinder zurückdenken konnten, nie ein Mensch gewohnt hatte. Immer waren die Fensterläden geschlossen, geschlossen die dicke eichene Türe, über der ein Esel in Stein ausgemeißelt war. Doch dann kam eine Zeit, da hörten die Nachbarn mitunter aus dem alten Hause Singen und Lachen, Gläserklirren und Musik wie von einer Mund- oder Ziehharmonika. Zuerst gaben sie nicht weiter Acht darauf. Aber als sie dann immer öfter das Gejohle hörten und zwischen den Ritzen der Läden hellen Lichtschein sahen, gingen sie zur Polizei. Die beobachtete das finstere Haus eine Weile und eines Abends packte sie zu; so schnell, dass sich keiner mehr aus dem Staube machen konnte. Da kam's denn heraus: Eine ganze Bande junger Burschen hatte jede Nacht in dem öden Häuschen ihre Zusammenkünfte. Dann tranken sie den Wein und die Liköre, die sie allenthalben bei nächtlichen Ladeneinbrüchen zusammengestohlen hatten, rauchten gestohlene Zigarren und Zigaretten; mit gestohlenen Kleidern hatten sie sich fein gemacht und bald brachten sie auch Mädchen mit, unter denen verteilten sie Samt und Seide, silberne Ketten und goldene Ringe in diesen lustigen Nächten. Und eben weil's immer so lustig herging in ihrem Räuberquartier, nannten sie das leere Haus unter sich nur noch die Villa Jück ... Denn »Jux kriegen«, das heißt in jener Stadt so viel wie Freude kriegen.

Und nun hatte das Rote U sie gerade in diese unheimliche Villa Jück bestellt! Freilich, immer hatten sie schon einmal vorgehabt dort einzusteigen. Denn so etwas Gruseliges wie dies alte Haus gab's ja in der ganzen Stadt nicht mehr! Aber damals hatte die Polizei neue Schlösser an alle Türen und eiserne Stäbe vor die Fenster machen lassen. Und Boddas und Mala hatten schon hundertmal um das Haus geschnüffelt, aber nie ein Loch gefunden, durch das sie hätten hineinschlüpfen können. Doch vielleicht ließ sich etwas von der Hofseite her machen? Das wollten sie heute versuchen. Denn wenn das Rote U hineinkonnte, dann konnten sie's doch hundertmal!

»Jetzt sind wir bei 87«, sagte Boddas, und wirklich, kaum hatte er's ausgesprochen, da lösten sich von dem dunklen Steingeländer zwei Gestalten.

»Losung?«, rief ihnen Boddas mit unterdrückter Stimme entgegen.

»Schatten an der Kirchhofsmauer –«, klang es zurück.

Denn dies Erkennungswort hatten sie am Morgen ausgemacht.

Es waren also Knöres und Döll.

»Wir wollen ganz langsam weitergehen«, zischelte Döll, »habt ihr den Polizisten gesehen?«

»Mala meint, das Rote U hätte ihn herbestellt«, sagte Silli.

Ängstlich schauten sie sich um. Aber der Polizist ging jetzt gemächlich in der entgegengesetzten Richtung.

»Ich traue ihm doch noch nicht!«, meinte der schlaue Knöres, »geht mal ruhig weiter, ich werde mich an ihn ranmachen und sage euch dann Bescheid!«

»Hier bleibst du!«, rief Mala. »Du verrätst noch die ganze Kiste!«

Aber Knöres war schon fort, verschwunden in Regen und Nacht. Die anderen drückten sich eng an einem breiten Laternenkandelaber zusammen, und als Knöres noch einmal zurückschaute auf die Rheinwerft, da sah er niemanden mehr. Aber auch der Polizist war plötzlich verschwunden. Ob er in die Straße hineingegangen war und nun an dem öden Haus auf und ab spazierte? Das wäre freilich dumm gewesen. Doch half es nichts – Knöres musste es untersuchen!

Er begann langsam zu traben. Denn das konnte am wenigsten auffallen. Der Polizist würde einfach meinen, er wäre gerade mit dem Fährboot gekommen oder über die Brücke von der anderen Seite und wollte nun eilig heim. Das würde er ihm auch sagen, wenn er ihn fragen sollte. Und er brauchte nicht einmal zu lügen. Denn diesen Nachmittag war er wirklich in Oberkassel gewesen bei seiner Großmutter.

Richtig, da kam auch schon der Polizist und Knöres, der eben an der Villa Jück vorbeitrabte, wollte schon an ihm vorüber, da fiel ihm etwas anderes ein. Pucks!, hielt er an und sagte: »Herr Polizist, bin ich aber froh, dass ich Sie hier treffe!«

»Was gibt's denn, mein Junge?«, fragte der Polizist freundlich, »da hast du dir aber schlechtes Wetter ausgesucht!«

»Ja, ich komm gerade von meiner Großmutter auf der anderen Seite ... und hier an der Villa Jück bin ich immer ein bisschen bang ... Sie wissen ja, was damals für Kerle drin gehaust haben ... Macht es Ihnen was aus, wenn ich mit Ihnen gehe bis hinten an die Kirche?«

»Gewiss nicht, Junge – aber heute brauchst du wirklich keine Angst mehr zu haben. Die ganze Bande sitzt noch im Gefängnis. Na, dann komm nur ... Soll ich dir auch eine Hand geben?«

»Das ist nicht nötig, Herr Polizist. – Müssen Sie denn die ganze Nacht hier herumspazieren? Das ist aber wirklich kein Vergnügen!«

»Nein, nein«, sagte der Schupo, »heut hab ich keinen Nachtdienst. Du kannst ja mit mir gehen bis an den Karlsplatz, da werde ich um sechs abgelöst –«

Aber so weit mitzulaufen, daran lag dem guten Knöres im Augenblick nichts. Er wollte doch, so schnell es ging, zu seinen Leuten zurück.

»Nein, danke«, sagte er drum, »ich muss an der Kirche links herein, ich wohn in der Bergerstraße.«

Jetzt waren sie eben an dem dunklen Haus mit dem Esel vorüber. Daneben lag eine Schreinerei und im Weitergehen sah Knöres, dass das Tor zum Hof, über den es zur Werkstatt ging, halb offen stand. War einer drinnen? Knöres wusste doch ganz genau, dass nie ein Mensch in der Werkstatt arbeitete. Der Schreinermeister hatte schon vor einem Jahr sein Geschäft in eine bessere Gegend verlegt und hier verwahrte er eigentlich nur noch ein paar Stapel Bretter unter einem niedrigen Schuppen. In der Werkstatt aber regierten die Ratten.

Sollte er den Polizisten darauf aufmerksam machen? Aber sie waren schon vorbei ... Noch einmal schaute Knöres sich um ... Ja, was war das? Sein Herz tat einen gewaltigen Sprung und dann war es, als stünd es auf einmal stille ... Ganz genau hatte er es gesehen: Aus dem

Tor der Schreinerei war eine Gestalt geschlüpft – er hätte darauf schwören können! Aber schon war der Schatten im Dunkel, nach dem Rhein zu, verschwunden.

›Das Rote U!‹, fuhr es dem Knöres wie ein Blitz durch den Kopf. Ja, der musste es gewesen sein! Um sechs Uhr sollten sie drinnen den Zettel finden – jetzt war es eben Viertel vor durch, gerade hatte die helle Kirchenuhr geschlagen. Und der Junge sah jetzt auch schon durch den Regen die Pfeiler des Kirchentores.

»Da sind wir an der Hafenstraße –«, sagte er und die erleuchteten Fenster der uralten Wirtschaft »Zum Schiffchen« blinkten trüb durch den nassen Abend, »jetzt kann ich allein gehen! Und ich danke Ihnen auch schön, Herr Polizist!«

»Gern geschehen, Junge«, lachte der Mann und ging mit raschen Schritten, ohne sich umzusehen, dem Karlsplatz zu.

Noch ein Weilchen blieb Knöres stehen, er wollte ganz sicher sein, dass der Polizist auch nicht umkehrte. Aber alles blieb still. Nur kamen jetzt um die Kirche herum zwei Männer in Regenmänteln und mit Schirmen, aber die gingen geradewegs auf das Wirtshaus zu und verschwanden dann in der niedrigen Tür.

Jetzt war die Stunde für Knöres gekommen. Es fiel ihm nun gar nicht mehr ein, an den Rhein zurückzulaufen und dort seine Kameraden zu holen. ›Fünf fallen mehr auf als einer‹, dachte er sich, während er weiterging, dann schaute er noch einmal nach rechts, nach links, spähte hinter sich, dann vor sich gegen den Wind, wo die geheimnisvolle Gestalt verschwunden war ... aber er sah nichts, hörte nichts als den Regen rauschen. Im nächsten Augenblick war er in dem Hof der alten Schreinerei verschwunden und leise zog er das schwere, wacklige Bohlentor hinter sich zu.

Keiner konnte ihn gesehen haben und in der nächsten Minute würde auch keiner draußen des Weges kommen. Diese Zeit musste er also nutzen! Und er wusste auch schon, wie. Denn das Rote U konnte doch nicht geflogen sein, es musste Spuren gemacht haben wie jeder andere Mensch, und keine kleinen! Denn in dem alten Hof lag beinahe fußtiefer Schlamm – er wusste das genau, in der Zehnuhrpause war er ja mit Boddas und Mala und Döll oft hier gewesen und sie hatten in der alten Werkstatt die Ratten gejagt ... Also Licht! Er knipste seine Taschenlampe an und leuchtete auf den Boden.

Richtig, da hatte er's schon! Hier hatte das Rote U gestanden, als er eben mit dem Polizisten vorüberging. Tief waren die Schuhe in den Schlamm eingedrückt. Diesen Spuren ging er nach. Denn es war wirklich leicht, sie zu finden. Im Dunklen hätte er sie tasten können, meinte er ... Natürlich – sie führten an der Werkstatt vorbei und dann rechts herum, auf den Bretterschuppen zu. Und dieser Bretterschuppen lag gerade an der Rückwand der Villa Jück! Da wusste Knöres, woran er war. Und er wunderte sich gar nicht, als die Spuren unter dem Schuppen plötzlich aufhörten, nicht einmal die nassen Stapfen waren in dem trockenen Staub zu sehen. ›Das Rote U ist also auf die Bretter gestiegen!‹, dachte der Junge und mit raschem Schwung war auch er droben.

Lampe an! Siehst du wohl!«, grinste er – die schmierigen Stapfen waren ganz deutlich droben auf den Brettern zu sehen. Und Knöres folgte ihnen über dem zarten Lichtschein der elektrischen Birne mit seinen schlauen Mausaugen, ganz bis in die letzte Ecke des Schuppens. Da hörten sie plötzlich wieder auf. War das Rote U etwa noch höher geklettert? Knöres leuchtete hinauf. Aber nein, schon dicht über seinem Kopfe war das Dach, und wenn er sich ganz aufrichtete, stieß er an staubige Spinnweben, und im Strahl seiner Laterne sah er da und dort fette Spinnen in ihre Balkenwinkel flüchten.

›Also tiefer!‹, dachte er. Die letzte Spur war ja auch so merkwürdig deutlich – an der ganzen Stelle war das Brett nass und schlammig. Hier musste also das Rote U eine Weile gestanden haben. Was mochte er dort gesucht haben? Nun, die Bretter vor sich hatte er aufgehoben und zurückgelehnt! Das war doch klar. Und schon klappte der Junge das erste nach hinten, das zweite – aber er sah noch nichts. Da fühlte er hinter den Brettern her. »Holla!«, rief er leise. Er hatte den obersten Rand eines Fensters oder eines gemauerten Loches gespürt. Aber mit einem kleinen Ekelschrei zog er die Hand zurück – eine Ratte war ihm darüber gehuscht mit ihren kalten Füßchen. Doch da konnte nichts helfen – hinein musste er, Ratten oder nicht. Schnell klappte er noch ein paar Bretter beiseite und nun war die Öffnung groß genug. Er sah auch: Auf diesem Brett, das nun zuunterst lag, musste der Unbekannte wieder gestanden haben. An den Abdrücken sah Knöres, dass er seine Fußspitzen nach außen gehabt hatte. Also machte er's ebenso, hielt sich an dem Brett fest und angelte sich mit den Füßen durch das finstere Fensterloch. Sand, Steinchen und Mörtel bröckelten hinter ihm hinab. Jetzt hielt er sich von außen an der Mauer und seine Beine baumelten frei innen im Haus in die Tiefe. Sollte er hinabspringen? Einen Augenblick besann er sich noch. Aber da hörte er wieder ein Steinstückchen neben sich hinabpoltern und es schlug dicht unter ihm auf den Fußboden. Er konnte es also wagen. Und er ließ sich fallen. Gleich hatte er dann auch festen Boden unter den Füßen.

Das war also geschafft! Und das Übrige bedeutete nun wirklich nur noch eine Kleinigkeit. Zuerst aber ließ Knöres einmal seine Taschenlampe aufflammen ... Sieh da! Gerade hinter ihm lag ein umgestürzter Schemel. Auf den musste der Geheimnisvolle geklettert sein, als er wieder zu dem Loch hinaussteigen wollte, und bei diesem letzten Schwung hatte er mit dem Fuß den Schemel umgestoßen. Dem Knöres war also nicht mehr bange, wie er wieder hinaufkommen sollte.

Und nun leuchtete er herum. Doch die kleine enge Stube war leer, kahl die Wände, überall kam das nackte Mauerwerk heraus und die Dielenbretter waren an vielen Stellen verfault, glitschiger Schwamm wucherte an den Bodenbalken. Knöres schüttelte sich vor Grausen und mit einem Mal wurde es ihm kalt. Überall an den Wänden rann die Feuchtigkeit dickgrün hinab und sie tropfte von den Deckenbalken. ›Jetzt schnell den Zettel gesucht und dann raus aus dem Loch!‹, dachte der Junge. Aber hier war der Befehl des Roten U nicht zu finden und Knöres ging durch die Türe, die lose in nur einer Angel hing.

In dem nächsten Zimmer sah es ein wenig besser aus. Der Fußboden war noch fast in Ordnung und in der Ecke lag ein Haufen leerer Flaschen. Hier also hatten die Verbrecher ihre Feste gefeiert! Der Junge sah es schon daran, dass noch in manchen Flaschenhälsen Kerzenstümpfchen steckten. Er musste also nun vorsichtig sein! Denn gewiss konnte man von draußen durch die Lädenritzen sein Licht sehen! Aber auch hier war der Zettel nirgends zu finden. Also noch tiefer hinein in die grausige Höhle! Vielleicht auf die Dachkammern? Eine schmale Treppe, die eher wie eine Leiter aussah und lose an der Wand lehnte, führte hinauf. Aber der Junge sah gleich, dass die Sprossen oder Stufen mit dickem Staub bedeckt waren. Nicht eine einzige Spur konnte er darauf entdecken.

Also in den Keller! Die Falltüre, die dorthin führen musste, hatte er schon gesehen, und als er sich zu dem eisernen Ring bückte, an dem man sie hochzog, sah er gleich, dass sie erst vor kurzer Zeit offen gewesen sein musste. Leise schlug er also den Deckel zurück und leuchtete hinab in das schwarze Kellerloch. Da huschten in der Tiefe die Ratten hin und her im Lichtschein und zweie sprangen gerade vor ihm die steinerne Treppe hinab. Zugleich sah er aber auch schon an der Wand drunten etwas Weißes – das musste der Zettel sein! Rasch und doch vorsichtig stieg er hinab. Ja, da war ein rostiger Nagel in der Wand und auf den Nagel war ein frisches weißes Papier gespießt ...

Aber was war nun auf einmal das? Wie ein Seufzen

klang es irgendwo, weit – war es oben, war es unten? Nein, unter ihm musste es sein. Und es war, als wenn Gewänder über eine Treppe rauschten, und dann wieder, als wenn sich der Nachhall von einem schweren Stöhnen im Düster verlöre.

Der Junge war blass geworden. Spukte es in dem alten Hause? Er riss den Zettel von dem Nagel und stürzte die Treppe hinauf. Aber da war es ja schon wieder, und nun noch viel deutlicher ... Seine Ohren waren auf einmal so scharf, ganz klar hörte er das seufzende Hinstreichen an hallenden Wänden, er hörte drüber das Huschen der Ratten, hörte droben den Regen dumpf an die Läden pochen.

Er hielt ein. Sollte er hinauf, die anderen rufen? Welcher Trost wäre es jetzt, den starken Döll und den langen fluchenden Mala bei sich zu haben, oder wenigstens den kleinen, zähen, hartknochigen Boddas!

Aber jedes Mal, wenn er wieder weiter hinauf wollte, hörte er von neuem das Seufzen, immer gleich, immer dasselbe.

Er spitzte die Ohren. Nein, das konnte kein Mensch sein und auch kein Spuk. Tief beugte der Junge sich vor und plötzlich fiel es ihm ein: So, ganz genau so hatte es einst in den Nächten durch die engen Straßen geseufzt und an den Häusern vorbeigestrichen, als der Rhein so schrecklich über seine Ufer getreten war. Mit Kähnen hatten sie von Haus zu Haus gemusst, auf Kähnen waren die Lebensmittel gebracht worden, auf einem Kahn kam der Arzt zu den Kranken und vom Kahn aus stieg er gleich in das Fenster des ersten

Stocks. Ja, so seufzte, so wehte, so gluckerte der Rhein in den entsetzlichen Nächten der Überschwemmung durch die widerhallenden Altstadtgassen. Und auch hier, unter dem öden Hause, musste also der Rhein fließen.

Knöres war wieder ganz ruhig, und wenn es ihm auch noch ein wenig schaurig um das Herz war, so stieg er doch noch einmal bis ganz in den Keller hinab und leuchtete über den Boden. Bald hatte er es denn auch gefunden: An der Seite des Kellers lag in den Ziegeln des Bodens eine große Steinplatte mit einem mächtigen Eisenring. Der Junge packte zu und zog mit seiner ganzen Kraft. Aber nur um einen Zoll hob sich die Platte. Doch dem Knöres genügte das. Der Schein seiner Lampe war in ein bodenloses senkrechtes Loch gefallen und drunten gurgelte das Wasser des Rheins.

Tief atmete er auf. Aber dann dachte er wieder mit Schauder an das Rote U. Was musste das für ein Mensch sein, dass er sie an diesen schauerlichsten Ort der ganzen Stadt lockte? Wo der Rhein durch einen schwarzen Kanal hineinstöhnte ... Wie viele Menschen mochten schon dorthinab verschwunden sein!

Eisig überlief es den Jungen, und so schnell er konnte, sprang er jetzt hinauf, klappte leis die Falltür hinter sich zu, dann über den Schemel in das Loch auf die Bretter, die er schnell wieder in Ordnung brachte; hinunter von dem Holz und durch den Hof. Noch eine Weile stand er von innen vor dem Tore und lauschte. Aber niemand kam. Nur der Regen klatschte über die Straße. Im nächsten Augenblick war er draußen, eben schlug die Kirchenuhr das erste Viertel.

War es Viertel nach sechs? Nach sieben? Nach acht? Der Junge meinte, mehr als eine Stunde hätte er in dem öden Hause gesteckt, und so rasch er konnte, lief er dem Rhein zu. Ja, da war die Rampe 87 und da standen auch die Kameraden.

»Wo bleibst du so lange?«, rief ihm Boddas entgegen. »Es ist schon Viertel nach sechs! Ist die Luft rein?«

Knöres winkte ab.

»Nicht mehr nötig, Leute. Hier ist der Zettel – ich war schon drin –«

»Wo drin? Doch nicht in der Villa ...«

»Nennen wir sie lieber das Haus zu den hundert Morden!«, sagte Knöres großartig.

»Hast du Leichen gefunden?«, fragte Silli schaudernd.

»Nein, die hat der Rhein alle abgetrieben ... Aber was will denn nun das Rote U von uns?«

Sie entfalteten den Zettel und lasen mit der Taschenlampe:

Heute ist Freitag. Der Schuster Derendorf in der Kapuzinergasse hat einen ganzen Haufen Vögel. Und die sollt ihr ihm bis morgen Abend alle fliegen lassen.

Das Rote U

Eine merkwürdige Namenstagsfeier

An diesem Freitagabend war die ganze Räuberbande bei Dölls Mutter eingeladen. Das war fast jeden Freitag so. Und sie freuten sich schon die ganze Woche darauf. Freilich roch in jeder Woche, die der liebe Gott werden ließ, schon seit Menschengedenken des Freitags die ganze Altstadt nach Rüböl, von vormittags bis spät in den Abend. Aber so feine Reibekuchen, wie sie die dicke Frau Döll buk, gab's auf der ganzen Welt nicht mehr. An diesen Abenden saß also die Bande friedlich um den blank gescheuerten Eichentisch in dem großen Hause, zusammen mit Vater und Mutter Döll, mit allen Angestellten, den Verkäufern, Lagerarbeitern und Fahrern. Eine Schüssel Reibekuchen nach der andern, hoch getürmt, kam auf den Tisch und im Nu waren die leckeren gelbbraunen Kuchen wieder verschwunden. Aber dann war schon wieder eine neue Schüssel da. Und so ging's wohl eine Stunde lang. Die Kinder bekamen Pflaumenkompott dazu, die Großen Schwarzbrot und schwarzen Kaffee – immer sprudelte das Wasser dafür auf dem Herde und die riesengroße Kaffeekanne wurde einmal ums andre aufgegossen. Großmutter Döll, die keine Reibekuchen vertragen konnte, saß dann immer in ihrem Ohrensessel in der Ecke und mahlte unermüdlich Kaffee.

Heute schmeckte es den Gesellen vom Roten U

ganz besonders gut. Denn sie waren nass und durchfroren und unter ihren Stühlen um ihre Füße bildeten sich bald kleine schmutzige Wasserlachen. Aber davon merkten sie jetzt nichts. Die Kuchen waren so angenehm heiß, das Kompott so fein kühl, und was das Schönste war – sie wussten jetzt, dass das Rote U gar nicht so schlimm war. Keine Einbrüche, nichts Böses hatte es ja von ihnen verlangt. Nein, sie hatten jetzt wirklich eine mächtige Hochachtung vor ihm. Dem Schuster die Vögel fliegen lassen – das war Sache! Auf diesen herrlichen Gedanken wären sie nie, nie gekommen. Das war ja sogar ein gutes Werk! Wie konnten sich die armen Zeisige, die Dompfaffen und Blaumeisen denn in der düsteren Schusterbude wohl fühlen? Nein, die armen Tierchen gehörten in den grünen Hofgarten, wofür sie der Herrgott geschaffen hatte. Wenn es noch Kanarienvögel gewesen wären – die mochten an Käfig und Zimmerluft gewöhnt sein. In das finstere Loch aber, in dem der Schuster Derendorf arbeitete, kam das ganze Jahr kein Sonnenstrahl und es roch drinnen nur nach Pech, Leder, Tabak und Schnaps.

Die Kinder waren überhaupt bange vor dem alten Schuster. Keine Frau hatte der, keinen Gesellen, keinen Lehrjungen – die paar Flickarbeiten, die ihm die Leute noch brachten, machte er allein. Und wenn einer zu ihm kam mit Schuhen, dann sah er den gar nicht an, knurrte nur etwas in seinen zerfressenen Schnauzbart, und wer die Schuhe wieder abholte, dem warf er sie vor die Füße; aber kein Kind ließ er eher hinaus, als bis er das mitgebrachte

Geld aus dem Einwickelpapier heraus Groschen für Groschen zwei- oder dreimal gezählt hatte. Es war also wirklich keine Kleinigkeit, bei diesem bösen Manne die armen Gefangenen aus dem schwarzen Gitterkäfig zu befreien.

Großmutter Döll hatte eben die Kaffeemühle hingesetzt, wohl ein Pfund hatte sie gemahlen und nun war es endlich genug. Immer öfter schob einer seinen Teller zurück, hielt sich pustend den Bauch und bat nur noch um ein Tässchen Kaffee. Auch Döll schob gerade den letzten Reibekuchen in den Mund und noch kauend stand er auf und sagte zu seiner Mutter: »Meine Sonntagsschuhe sind kaputt. Darf ich sie eben zum Schuster bringen?«

»Schon wieder mal?«, sagte Frau Döll, »euch könnte man eiserne Schuhe kaufen – die kriegtet ihr auch in drei Tagen kaputt. Bring sie aber zum Bertram in die Flingerstraße, der macht grüne Sohlen drunter, die halten länger. Und bleib nicht wieder bis in die Puppen aus. Du kannst übrigens auch für den Vater die Feldschuhe mitnehmen, da brauchen bloß ein paar Flicken drauf ... der läuft sie ja immer an derselben Stelle krumm, und nimm den Regenschirm mit –«

Döll ging und packte die Schuhe in ein Einkaufsnetz, und als er in Mütze und Regenumhang auf die Straße trat, standen die anderen Räuber auch schon da.

»Das hast du fein gemacht, Döll«, lobte Mala, »denn meine Schuhe sind zufällig mal ganz, und der Bertram auf der Flingerstraße ist der Onkel von Knöres, also könnte der Knöres wirklich nicht gut zu dem Derendorf gehen, und Boddas und Silli? Na, die würden schön verhauen, wenn sie zu dem schwarzen Deuwel in die Kapuzinergasse gingen ...«

»Das hab ich mir auch gedacht«, meinte Döll, »und ich muss wirklich sagen, darin ist meine Mutter eine famose Frau, alles was recht ist – eh die mich haut, beißt sie sich lieber den Daumen ab ... Und mein Vater, das ist überhaupt der feinste Kerl, den es gibt. Wie es neulich rausgekommen ist, dass der Boddas und ich an der Goldenen Brücke im Hofgarten geangelt haben, und wie nachher der Polizist gelaufen kam, und der konnte kaum durch – so viele Leute standen schon um uns rum –, und da hatten wir nur einen Rollmops an der Angel und wir haben gesagt, wir wollten nur unseren Rollmops wässern, da hat mein Vater gelacht, dass die Fensterscheiben wackelten, und fünf Groschen hat er mir noch dazu geschenkt ...«

»Das hast du ja schon hundertmal erzählt!«, sagte Silli, »und für die fünf Groschen hättest du mir lieber eine Tafel Schokolade kaufen sollen – ich hatte doch gerade zwei Wochen vorher Namenstag gehabt!«

»Und eine neue Batterie? Wo hätte ich die hergekriegt? He? Eine Batterie ist nötiger als Schokolade, das kannst du dir endlich mal merken!«

Das sah Silli auch ein, wenigstens sagte sie: »Hin ist hin, darum zanken wir uns nicht mehr! Und jetzt los zum Derendorf!«

»Wir gehen natürlich alle mit rein!«, rief Boddas.

»Du bist wohl ganz verrückt?«, sagte Silli, »wir können doch die Vögel jetzt noch nicht fliegen lassen! Zuerst muss Döll einmal ausspionieren, denn wenn wir alle zusammen kommen, dann weiß der Derendorf gleich, wer's getan hat!«

Das war schlau, ohne Zweifel, und Knöres, der Kluge, klopfte dem Mädchen auf die Schulter: »Kind«, sagte er, »aus dir kann noch mal was werden.«

Da lachten sie alle. Und als sie nun weitergingen durch den Regen, malten sie sich ihr neues Abenteuer immer feiner aus – einer wusste jedes Mal noch besser als der andere, wie es werden würde. Erst als sie in die schmale Kapuzinergasse einbogen, wurden sie stiller. Und nun standen sie vor dem engen kleinen Fenster, hinter dem ein schmutziges Pappschild hing, ganz besät von Fliegendreck und so staubig, dass man nur die groß gedruckten Buchstaben lesen konnte:

KARL DERENDORF
Schuhmacher

»Die Vögel hat er nach hinten raus«, erklärte Döll, »hier vorne schläft er nur –«

»Na, dann geh mal rein«, sagte Silli, »wir spazieren langsam bis an die nächste Ecke. Er wird dich ja nicht fressen.«

Döll schaute sie verächtlich an.

»Der?« Er machte eine Faust und stemmte den Arm an. »Pack nur mal, was hier für Muskeln sitzen! Ich bin vor dem Deuwel nicht bange!«

Und er ging in den niedrigen Hausgang hinein. Kein Licht brannte und im Düstern musste Döll sich vorwärts tappen. War der Schuster nicht zu Hause? Der Junge sah nämlich, als er ein paar Schritte weiter war, auch keinen Lichtschimmer durch die gläsernen Oberlichter der Werkstatttür fallen. »Himmel, das wäre eine Gelegenheit«, dachte er, »wenn nun die Türe vielleicht offen wäre?«

Er klopfte an. Aber drinnen blieb alles still. Er hörte nur das klägliche Piepsen von Vogelstimmen.

»Herr Derendorf«, rief er und klopfte noch einmal, »ich bringe Schuhe!« Aber keine Antwort. Und nun drückte er die Klinke herunter ... Die Tür war verschlossen.

Was sollte er machen? Einfach umkehren, das fiel ihm nicht ein. Jetzt war er einmal hier und wollte fertig kriegen, was er vorhatte. Das tat Döll immer. Und wenn der Lehrer noch so eine schwere Schularbeit aufgab – der Döll setzte sich daran, knirschte mit den Zähnen, zerbiss vielleicht einen ganzen Bleistift, verschmierte ein halbes Heft, aber die Sache aufgeben, das tat er nicht. Immer wieder fing er von neuem an, und wenn es stundenlang dauerte. Aber am Morgen in der Schule, dann stand's auch da. Zwar in Dölls dicker, klobiger Schrift, aber sauber und ordentlich, und fast immer ohne Fehler.

So war Döll. Und drum dachte er auch jetzt: ›Wenn der Derendorf Zeit hat, dann hab ich sie auch!‹ Aber so untätig warten, das wollte er nun auch nicht. Er knipste also zuerst einmal die elektrische Taschenlampe an. Zwar leuchtete auch von der Straße her die Laterne in das Flürchen, aber der fahlgrüne Strahl ging nur so ein paar Meter hinein und dann war's wieder finster.

Zuerst leuchtete der Junge einmal das Schlüsselloch

ab. Es konnte ja sein, dass der Schlüssel von drinnen steckte und der Schuster schlief nur. Das kam ja oft vor, dass der Derendorf sich einen Rausch antrank, dann den halben Tag auf seinem Bett verschnarchte und seine Vögel vergaß. Jedes Kind wusste das ... Aber nein, der Schlüssel war abgezogen. Döll musste also schnell bei der Hand sein, wenn er etwas ausrichten wollte, denn jeden Augenblick konnte der Schuster zurückkommen.

Er leuchtete weiter. Und der Lampenschein traf auf eine niedrige Hoftür. Richtig, da fiel es ihm ein – das einzige Fensterchen der Schusterbude ging ja nach dem Hof zu. Und wirklich, die Tür war auf. Rasch schlüpfte er hindurch – denn draußen hatte er schwere Schritte gehört. Das musste der Schuster sein. Gewiss war er nur um die Ecke in der Wirtschaft gewesen. Ja, da kam er schon. Döll war bereits im Hof, aber er erkannte ihn an der Stimme. Denn der Schuster brummte und fluchte vor sich hin, wie er es oft tat, wenn er nicht mehr ganz nüchtern war.

Jetzt hörte Döll ihn mit dem Schlüssel klappern und rasch leuchtete er noch einmal auf dem Hof herum ... Ja, das Fenster lag ziemlich hoch, aber da stand eine alte Handkarre, die schob der Junge schnell an die Mauer heran, kletterte hinauf – und richtig, es ging. Er konnte in die Schusterbude hineinschauen. Gerade ging die Tür dort auf und der kleine schwarze Kerl kam hinein und gleich darauf brannte Licht.

Der Schuster schwankte von einer Seite auf die andre. Jetzt hielt er sich an seinem runden Tischchen fest, aber schon lag es da und Nägel und Stifte, Hämmer und Feilen flogen weit auf dem Boden umher. Und drüben die Vögel in dem großen Käfig erhoben ein mörderliches Geschrei ... Döll konnte gar nicht zählen, wie viele es waren. Alle flogen sie durcheinander, krallten sich gegen die Gitterstäbe, flatterten gegen die Käfigdecke. Sie hatten wohl wieder den ganzen Tag kein Wasser und kein Körnchen Futter bekommen.

Döll kriegte eine rechte Wut auf den alten Tierfreund. Am liebsten wäre er jetzt hineingegangen, hätte den Kerl in eine Ecke geworfen und die Vögel fliegen lassen. O ja, das traute er sich zu. Aber es war ihm doch zu gefährlich. Denn das wäre ja ein richtiger Überfall gewesen ... Er griff nach dem Fensterchen. Vielleicht war es offen? Er konnte ja warten, bis der Schuster einschlief, und das würde sicher nicht mehr sehr lange dauern. Dann durchs Fenster hinein, die Vögel fliegen lassen und fort. Aber so einfach würde das auch nicht sein. Der Käfig war groß und gewiss seinen halben Zentner schwer. Nur das Türchen aufmachen und das Fenster, das wäre wohl kein Kunststück gewesen. Aber hätten die Tierchen den Ausweg gefunden? Gewiss hätte der Schuster sie sich am anderen Morgen zum größten Teil wieder auf den Schränken und in den Ecken zusammenlesen können. Aber das Fenster war auch zu, wie Döll jetzt merkte. Vielleicht hatte der Schuster es jahrelang nicht offen gehabt!

Und doch – der Junge fühlte: So eine günstige Gelegenheit würde vielleicht nicht wiederkommen! Was sollte er nur anfangen? Hier länger auf der Karre stehen und den schwankenden Tänzen des Schusters zusehen, das hatte wirklich keinen Zweck. Also herunter, wieder in den Flur – angeklopft ...

Kein »Herein« wurde gerufen. Und so drückte Döll einfach die Klinke herunter und machte die Türe auf.

»'n Abend, Herr Derendorf – hier wären zwei Paar Schuh.«

»Geh zum Deuwel mit deinen Schuhen!«, schimpfte der Mann und dann, ohne sich nach dem Jungen umzusehen, knurrte er noch vor sich hin: »Rausgeschmissen, elend rausgeschmissen! Und das gerade heut! Na warte, ich komm euch!«

Döll wusste gleich, woran er war. Den Schuster hatten sie also wieder einmal aus der Wirtschaft hinausgeworfen. Sicher hatte er längst genug gehabt. Aber was sollte das heißen: gerade heute? Was war denn heute für ein Tag? Aha, schon fiel es ihm ein: der vierte November, und heute hatten alle Namenstag, die Karl hießen, also auch der Schuster Karl Derendorf ... »Das ist aber eine Gemeinheit, Herr Derendorf«, sagte drum Döll sofort, »na, dann gratuliere jetzt ich wenigstens herzlich zum Namenstag.«

Der Schuster mit seinen kleinen verschwommenen Augen sah den Jungen von der Seite an ...

»Geld hast du natürlich noch nicht mitgebracht für die Schuhe?«, fragte er lauernd und warf das Netz mit den Schuhen beiseite.

»Geld? Nein! Das gibt mir meine Mutter doch erst, wenn ich die Schuhe abhole. Das ist doch immer so –«

»Dann mach, dass du rauskommst!«, schrie der Schuster und griff nach einem Schusterhammer.

O weh, das konnte gefährlich werden – wie der Blitz war Döll zur Tür hinaus und auf der Straße.

»Na?«, fragten die Kameraden, als er wieder bei ihnen stand, »der Kerl war aber vielleicht voll!«

»Wie 'ne Unke!«, sagte Döll, »und rausgeschmissen hat er mich, weil ich das Geld für die Schuh noch nicht bei mir hatte. In der Wirtschaft haben sie ihn an die Luft gesetzt ... sicher wollte er noch Schnaps haben –«

»Und was nun? Was hast du ausspioniert?«, fragte Boddas.

Silli tanzte plötzlich von einem Bein auf das andre ...

»Wer hat denn dich gebissen?«, sagte Mala.

Aber das Mädchen war schon wieder vernünftig, doch unter der Kapuze sahen die Jungen ihre Augen blitzen.

»Wer von euch kann am schnellsten fünf Mark auftreiben?«, fragte sie.

»Hm«, meinte Döll, »die bringe ich schon auf die Beine. Wozu willst du sie denn haben?«

Silli trat mit dem Fuß auf, warf den Kopf zurück, dass ihre Zöpfe, die nach vorn herunterhingen, nur so flogen.

»Mach fix«, sagte sie, »frag nicht lange. Bist du noch nicht wieder hier? Und komm mir ja nicht ohne das Geld!«

Döll trabte davon – langsam gingen die anderen ihm nach, sahen, wie er aus der engen Kapuzinergasse in die breite, helle Flingerstraße einbog. Und dann – dann verschwand er plötzlich in einer Wirtschaft ...

»Was tut der denn da?«, fragte Silli. »Ob er meint, da fänd er fünf Mark unter den Tischen?«

Aber Döll wusste ganz genau, was er tat. Heute Abend hatten sie Reibekuchen gegessen, und Reibekuchen, das gab allemal einen höllischen Durst, besonders bei seinem Vater. Kaum dass Herr Döll freitags abends nach dem Essen einen Blick in die Zeitung getan hatte, faltete er sie auch schon zusammen und sagte: »Nein, was diese Reibekuchen einen Durst machen! Ich muss schnell einmal Reibekuchenfeuer löschen.« Sprach's, steckte die Zeitung in die Tasche, nahm Mantel und Hut und ging für ein Stündchen oder zwei in den »Kessel« an der Flingerstraße. Also würde er auch heute da sein, kalkulierte Döll und weiter kalkulierte er noch: Wenn der Vater im »Kessel« sitzt, dann ist er bestimmt gut gelaunt und die fünf Mark habe ich eigentlich schon so gut wie sicher in der Tasche.

Jetzt sah er sich in der Wirtschaft um und bald hatte er seinen Vater erspäht, der mit ein paar dicken Herren an einem runden Tisch saß und Karten spielte. Gerade warf Herr Döll die Karten hin und der Junge sah sein Gesicht strahlen: »Also, meine Herren«, sagte er, »Grand mit zweien, gespielt drei, aus der Hand vier, geschnitten fünf, angesagt sechs ...«

Der Junge grinste. Besser konnte er es ja gar nicht treffen. Jetzt nur schnell an den Tisch, ehe das neue Spiel im Gange war. Denn wenn er den Vater störte, dann war's Essig mit den fünf Mark ...

Und schon hörte er einen von den dicken Herren rufen: »Da kommt ja Ihr Sohn, Herr Döll ... Hahaha, der alte Döll muss nach Haus kommen.«

Aber schon von weitem winkte der Junge ab und lachend kam er näher: »Gratuliere auch zu dem feinen Grand, Vater«, sagte er, »und ob du mir nicht fünf Mark geben könntest?«

»Fünf Mark, Junge? Wofür?«

»Die will die Silli haben, Vater ... Hoppla! Jetzt weiß ich es!« Er klatschte sich mit der Hand aufs Bein und tat einen Luftsprung. Ein Licht war ihm aufgegangen, aber noch ein viel helleres, als Silli in ihrem klugen Köpfchen hatte. »Ja, Vater«, bettelte er, »gib uns doch das Geld! Du sollst auch heut Abend einen Spaß haben, der mindestens einen Taler wert ist – ja, Vater? Damals hast du uns doch für den lumpigen Rollmops fünf Groschen gegeben.«

Gerade war neu verteilt worden und eben hob Herr Döll seine Karten auf: Drei Asse und zwei Buben ...

»Grand –«, sagte er wieder, »wer spielt auf?«

Und mit der linken Hand griff er in die Westentasche und legte ein blankes Fünfmarkstück auf die Tischkante.

»Da, Junge, nun mach, dass du rauskommst ... Wer geht drüber?«

»Verlieren Sie nur Ihren Grand!«, rief der dicke Herr, der neben Herrn Döll saß.

Aber der Junge hörte das schon nicht mehr. Mit dem Geld in der Faust rannte er zur Tür hinaus, aber dann gleich rechts herum in den Flur der Wirtschaft, und nun klopfte er am Schalter.

»Ich möchte für fünf Mark Schnaps für den Schuster, den Sie eben rausgeschmissen haben –«

Der Wirt besah sich das Geldstück.

»Und eben hatte der Kerl keinen Pfennig mehr!«, brummte er; dann erst schaute er durch das Fensterchen und da erkannte er den Jungen.

»Ah, du bist das, Kerlchen!«, lachte er, »nun geht mir ein Licht auf! Meinst du, ich hab es nicht gesehen, wie du dir von deinem Vater eben die fünf Mark hast geben lassen? Was schämen sollt ihr Lümmel euch! Den Kerl noch besoffener zu machen! Gehört sich denn das?«

Döll schaute den Wirt ganz erschrocken an. Oh, der würde jetzt gewiss sofort an den Skattisch gehen und sagen: »Sie, Herr Döll, Ihr Junge macht aber nette Geschichten –« Es war ja auch wirklich nicht schön von ihm – das sah er ein. Aber wie sollten sie sonst die Vögel freilassen?

Doch nein, der Wirt grinste auf einmal ganz freundlich und sagte: »Na, so schlimm wird's ja nicht sein ...«

Und er machte sich am Schanktisch zu schaffen. Was er tat, konnte Döll zwar nicht sehen. Und als er ihm durch das Fensterchen eine volle Flasche reichte, wusste der Junge also auch nicht, was er hineingefüllt hatte.

»So, Junge – sag aber dem Schuster, er soll mir morgen die Flasche wiederbringen. Und die fünf Mark kannst du auch behalten ... Bestell dem Derendorf, ich ließ ihm zum Namenstag gratulieren, und wenn er wollte, schickt ich ihm gern noch so eine Flasche –«

Aber Döll war schon längst hinaus und der Wirt rieb sich die Hände. Der Junge hätte es verdient, meinte er, wenn ihm jetzt der Schuster in seiner Wut eine Tracht Prügel gäbe –

In der Kapuzinergasse warteten schon die anderen Räuber.

»Silli«, rief Döll atemlos, »ich habe das Geld. Aber Schnaps brauchen wir gar nicht dafür zu kaufen ... den hab ich nämlich auch schon! Geschenkt sogar!«

Das Mädel lachte, dass seine weißen Zähne schimmerten. »Also hast du schon kapiert, was ich wollte?«

Und dann erzählte er rasch, wie er zu dem Geld und der Flasche gekommen war.

»Bombensicher klappt die Sache!«, flüsterte er, »aber ihr müsst sofort da sein, wenn ich euch rufe! Halt, am besten geht ihr alle vier mit und versteckt euch in dem Hof.«

Schon huschten sie wie die Kobolde durch den dunklen Flurgang des Schuhmachers Karl Derendorf in den Hof. Als sie dann die Tür hinter sich zugezogen hatten, klopfte Döll herzhaft an die Werkstatt. Und ohne auf ein »Herein« zu warten trat er auch gleich in die enge Kammer.

»Ich komme noch mal wieder, Herr Derendorf«, sagte er.

Aber der Schuster schien ihn gar nicht zu hören. Der Mann musste doch schrecklich betrunken sein. Und die Vögelchen schrien so ... War es nicht doch eine Sünde, ihm jetzt wieder eine dicke Flasche von dem schrecklichen Zeug zu geben? Aber jetzt konnte Döll nicht mehr zurück. Er hatte einmal A gesagt und nun musste er auch B sagen. Da war nichts zu machen.

Der Schuster, der sich taumelnd an einem Schrank festhielt, hatte ihn jetzt endlich gesehen.

»Wwwas wwwillst dddu hier?«, lallte er, »raus!«

»Aber, Herr Derendorf«, sagte Döll, »ich hab Ihnen auch was mitgebracht ... Der Vater braucht nämlich die Feldschuhe morgen früh schon und da hätt ich gern drauf gewartet ... Und weil er das eigentlich nicht verlangen kann und überhaupt, weil Sie heute Namenstag haben, schickt er Ihnen hier ne Flasche Schnaps –«

Döll wusste selber nicht, wie ihm das alles so schnell und so sicher aus dem Munde sprudelte, als hätte er es sich lang und breit überlegt.

Der Schuster grinste mit dem ganzen Gesicht.

»Na, denn stell sie mal her, mein Söhnchen«, stotterte er und stieß an bei jedem Wort, »eigentlich wollte ich ja gerade zu Bett, aber für deinen Vater tut man schon gern etwas –«

Döll war sehr neugierig auf diese Arbeit und nun sah er auch droben am Fensterchen Sillis und Malas Gesichter durch die schmutzige Scheibe spähen.

Der Schuster ließ sich auf den Schemel fallen – nein, er wollte es nur, und plumps!, saß er auf der Erde, mitten unter alten Schuhen und Handwerkszeug.

»Schadet nichts!«, sagte er, nahm von irgendwoher einen verstaubten Frauenschuh und besah die Sohle.

»Das werden wir gleich haben!«, brummte er.

»Aber das ist ja gar nicht der Schuh von meinem Vater!«, sagte Döll.

»Dddummer Junge, was verstehst denn du davon?«, knurrte der Schuster, »reich mir die Flasche her, ich muss mich mal stärken –«

Döll gab sie ihm und droben am Fenster sah er Sillis Lachen.

Jetzt setzte der Schuster die Flasche an den Mund. Gluckgluck ging es ... aber schon sprudelte er das Zeug aus dem Mund und im gleichen Augenblick flog der Schuh, den er noch in der anderen Hand hielt, hart neben Dölls Kopf vorbei krachend an die Türe. Da hatte der Junge aber auch schon begriffen, warum ihm der Wirt sein Geld zurückgegeben hatte.

In der Flasche war Wasser, sonst nichts.

Jetzt war alles verloren. ›Rette sich, wer kann!‹, dachte Döll. Und schon wieder flog ihm ein Schuh am Kopf vorbei. Wehe, wenn ihn der Schuster erwischte! Aber nein, Döll blieb in der offenen Türe stehen, sprungfertig ... doch es war nicht nötig. Der Schuster kam nicht auf. Noch einmal versuchte er's, aber dann plumpste er zurück und lag da wie ein Sack. Im gleichen Augenblick fing er auch schon zu schnarchen an, als müsste er die dickste Ulme im Hofgarten umsägen.

»Herr Derendorf, schlafen Sie?«, rief Döll.

Doch der Schuster schnarchte weiter.

»Herr Derendorf!«

Aber Herr Derendorf hörte nicht.

Nun zog der Junge ihn vorsichtig und dann kräftig am Bein. Jetzt zwickte er ihn in den Arm. Nein, der schlief wie ein Murmeltier. Und Döll wollte schon die Kameraden herbeirufen, da sah er auf dem Schrank eine Schachtel Streichhölzer liegen.

›Probieren wir das auch noch!‹, dachte er, rieb schnell ein Hölzchen an und hielt es dem schnarchenden Schuster dicht vor die Augen. Aber der muckste sich nicht.

Leise stand Döll jetzt auf, ging zur Türe und ließ die anderen ein.

»Er schläft wie ein Bock!«, sagte er, »und jetzt lassen wir mal erst die armen Vögel fliegen ... Halt, vor allen Dingen kriegen sie Futter!«

Die Kinder hantierten wie Geisterchen, flink, unhörbar, und was sie sagten, das flüsterten sie kaum. Bald hatten sie auch schon in einer Schrankschublade eine Tüte mit einem Rest Vogelfutter gefunden und wie ausgehungert stürzten sich die Tierchen drüber her. Im Nu waren die Körner weggefressen.

»Jetzt herunter mit dem Käfig!«, kommandierte eines der Heinzelmännchen. Aber Döll und Boddas setzten den riesigen Käfig erst gar nicht auf die Erde – sie trugen ihn sofort auf den Hof und nun griffen sie hinein und ließen eins der Tierchen nach dem anderen in die stille Nacht hinauffliegen.

»Das können wir ruhig tun«, meinte Silli, »die Vögel finden hier an den alten Häusern genug Ritzen und Winkel, wo sie sich bis zum Morgen verstecken können und auch nicht erfrieren –«

Aber es dauerte doch eine ganze Weile, bis das letzte Vögelchen verschwunden war.

»So«, meinte Mala, »nun hängen wir den Käfig wieder auf und gehen nach Haus. Dann kann der alte Tierquäler morgen früh ja meinen, er hätte all die Vögel im Kopf!«

»Nein«, zischelte Döll, »jetzt kommt erst meine Idee! Für die fünf Mark müssen wir meinem Vater auch etwas liefern! Das könnt ihr euch doch wohl denken!«

Sie sahen ihn an und wussten nicht, was er meinte. Es war ihnen längst unheimlich in der finsteren Bude und es grauste sie immer, wenn sie über den schlafenden Schuster hinwegsteigen mussten.

»Was willst du denn nun noch?«, fragte Silli schaudernd, »ich bin froh, wenn wir aus diesem Loch heraus sind!«

»Och, der wacht nicht auf!«, sagte Döll, aber er flüsterte trotzdem. »Und nun gebt einmal Acht: Ich habe gesehen, dass man die vordere Käfigseite ganz herunterklappen kann. Jetzt stecken wir einfach den Schuster da hinein und fahren ihn auf der Schubkarre in die Wirtschaft ...«

Als das die Räuber kaum halb gehört hatten, waren sie außer Rand und Band. Eins, zwei, drei schleppten sie den Vogelkäfig wieder in die Stube. Aber alle vier mussten sie anpacken, bis sie den kleinen dürren Schuster hinter den Gittern hatten. Silli hielt derweil die Zimmertüre auf, denn wenn er wirklich wach wurde, dann mussten sie fort sein wie vom Winde weggeweht.

Endlich war die schwere Arbeit getan. Nun schleppten sie schwitzend den Käfig in den Hof und schoben ihn auf die herabgelassene Karre.

»Das möcht ich nicht jeden Tag tun!«, seufzte Boddas und wischte sich mit dem Ärmel die hellen Tropfen von der Stirn.

»Es kann auch nicht jeder so viel in den Knochen haben wie ich!«, sagte Döll großartig.

»Diesmal hast du aber auch was im Kopf gehabt!«, lachte Silli und dieses Lob tat dem Jungen in der Seele wohl.

Jetzt aber schoben sie den Karren mit dem Käfig und dem Schuster durch den Hausflur, doch ehe sie auf der Straße waren, schickte die kluge Silli den Mala noch einmal zurück – eine Decke sollte er holen um sie über den Gitterkasten zu tun. Sonst würden sie bestimmt von der Polizei angehalten –

Als Mala mit dem Tuch zurückkam, war er blass wie eine Wand.

»Ich habe droben am Fenster, von draußen, wo wir eben gestanden haben, ein Gesicht gesehen –«, keuchte er.

Einen Augenblick standen die anderen da wie gelähmt, Boddas setzte schon den Fuß aus der Türe um wegzurennen.

Aber da sagte Knöres: »Ich habe ja auch so eine Gestalt gesehen heute Abend. Das war das Rote U ...«

»Sehen wir doch mal nach!«, flüsterte Döll.

Aber keine Macht der Welt hätte die Kinder jetzt noch einmal in den Hof zurückgebracht. Als wäre ein Gespenst hinter ihnen, schoben sie den Karren aus dem Flur auf die Straße. Kein Mensch war dort zu sehen. Und ohne anzuhalten fuhren sie zum »Kessel«, drückten und zogen die Karre rasch dort in den hell beleuchteten Vorraum über die Steinfliesen.

Dann klopfte Döll wieder an den Bierschalter, und als der Wirt kam, rief er hinein: »Der Herr Derendorf möchte die Flasche wiederbringen. Draußen ist er im Flur!«

Und weg war er. Im Rennen riss er noch das Tuch von dem Käfig und warf es hinter sich. Die anderen waren schon um die nächste Straßenecke und im Augenblick hatte Döll sie erreicht.

»So«, sagte Silli, »wisst ihr, was wir jetzt tun? Jetzt gehen wir zum Schuster Bertram in die Flingerstraße und tragen deine Schuhe hin. Ich habe nämlich das Netz wieder mitgebracht.«

»Du bist doch die Schlauste von uns allen, Silli!«, rief Döll bewundernd.

Und als sie wieder in die Flingerstraße einbogen, sahen sie einen Menschenauflauf vor dem »Kessel«, hörten ein Johlen und Lachen, in das sie am liebsten eingestimmt hätten. Aber sittsam gingen sie mit ihrem Schuhnetz vorüber. Dass sie sich gegenseitig in die Arme kniffen, konnte ja keiner sehen.

Dölls Vater aber kam diesen Abend erst lange nach Mitternacht heim. Und als er am anderen Tage erzählte, wie der Schuster Derendorf mit einem Mal auf einer Karre in seinem Vogelkäfig schlafend im »Kessel« gestanden hätte, da zwinkerte er nur einmal ganz verstohlen seinem Sohne, dem jungen Döll, zu. Aber der sah es kaum, da bückte er sich auch schon wieder tief über seine Erbsensuppe und löffelte so eifrig, als wollte er Perlen darin fischen.

Von Kaninchenräubern und einer schweren Aufgabe

Es war Samstagabend. Der Regen vom vorigen Tage hatte aufgehört und prächtig ging die Sonne hinter dem Rhein unter. Kurz nur war dann die Dämmerung und durch die alten Straßen und Gässchen kamen die Frauen, Körbchen und Taschen in der Hand, denn für den Sonntag hatten sie eingekauft und nun machten sie eilig, dass sie heimkamen um das Abendbrot zu richten.

Auch die Frau Gebendeil aus dem alten Zollgässchen wäre an diesem Abend gern ausgegangen um etwas Nahrhaftes für ihre vier Kinder zu besorgen. Aber das ging nun zum soundsovielten Male nicht. Ihr Mann war schon viele Monate arbeitslos und es reichte nur für das Allernötigste. Jetzt stand sie in der Küche und wusch unter der Wasserleitung einen Kessel Kartoffeln, die sie für diesen Abend kochen wollte.

Und jetzt klangen auch noch die feierlichen Glocken von Sankt Lambertus, die den Sonntag einläuteten, durch das offene Fenster. Die arme Frau konnte es kaum anhören. Sie trocknete ihre Hände an der Schürze ab und wollte das Fenster zumachen. Der Abend war ja auch zu kühl. Aber kaum hatte sie sich vom Wasserhahn umgedreht und einen Schritt ins

Zimmer getan, da flog durch das Fenster plötzlich etwas Dunkles in die Stube und fiel mit dumpfem Krach auf den Boden.

›Diese Straßenbengel!‹, dachte die Frau, ›aber das kommt davon, wenn man im Erdgeschoss wohnt! Allen Dreck schmeißen sie einem in die Küche.‹ Da, da kam schon wieder etwas geflogen, und noch einmal ... eins fiel sogar mitten auf den Tisch und im gleichen Augenblick hörte die Frau schnelle Jungenschritte draußen am Fenster vorbei die Straße hinab in Richtung Rhein eilen.

Ein paar Augenblicke später beugte sie sich zum Fenster hinaus, aber sie sah niemanden mehr. Ärgerlich ging sie in die Stube zurück, doch schon fuhr sie mit leisem Aufschrei hoch – sie hatte auf etwas Weiches getreten. Am Tisch wollte sie sich halten, – aber schon wieder griff sie irgendwo hinein. Ein Fell war es, ein Tier ... Hatten ihr die Gassenbuben tote Ratten ins Fenster geworfen? Aber dafür war das Fell zu dicht ... Schnell tastete sie nach Streichhölzern und nun hatte sie das Licht an. Da sah sie es: In der Küche lagen drei Kaninchen, fette, schwere Tiere ...

Ja, der neue Befehl des Roten U – diesmal hatte ihn Boddas in seinem Buch gefunden – war kurz und bündig gewesen:

Ihr habt heute den Gebendeils einen guten Sonntagsbraten zu besorgen und bis in einer Woche dem Vater Gebendeil Arbeit zu verschaffen.

Das Rote U

Ratlos hatten sich die fünfe nach der Schule angesehen. Aber weil das Rote U noch darunter geschrieben hatte:

Bis heute bin ich sehr zufrieden mit euch

hatten sie sich mit Feuereifer darangegeben. Die vier Gebendeil-Kinder kannten sie ja gut. Alle viere waren bei ihnen in der Schule. Nein, da hatte das Rote U ganz Recht: Hier musste mal etwas getan werden! Aber woher wusste dies Rote U das alles? Die Kinder konnten es nicht begreifen und es war ihnen beinahe unheimlich.

Dann diese schwere neue Aufgabe! Sie wussten noch gar nicht, wie sie die Geschichte anpacken sollten. Mit dem Sonntagsbraten, das war allerdings nicht so besonders schwer. Aber das Rote U stellte es sich doch wohl ein bisschen zu einfach vor. Es war wirklich keine Kleinigkeit gewesen für die vier Jungen, am Samstagnachmittag, wo die Schule geschlossen war, sich in den Schulhof zu schleichen, ohne dass der Hausmeister sie erwischte, dann über die hohe Mauer zu klettern in den alten Klostergarten. Freilich, als sie einmal drüben waren, ging's schnell. Vor dem Pfarrer brauchten sie sich ja nicht besonders in Acht zu nehmen, denn der und die Kapläne waren samstagnachmittags immer in der Kirche. Und so hatten die jungen Räuber schon in zwei Stunden drei Kaninchen geschossen ... Ach, die hatte Silli sonst immer gebraten, ganz wie es sich gehört, mit Estragon und Thymian. Aber heut hätte ihnen das zarte Fleisch gar nicht geschmeckt und Boddas sagte, sie müssten sich ordentlich schämen, dass sie noch nicht selbst auf den Gedanken gekommen wären. Das Rote U musste gewiss der Beste von allen Menschen sein!

Ordentlich stolz waren sie, dass sie solch einen Räuberhauptmann hatten!

Aber wie sollten sie nun dem armen Mann Arbeit verschaffen? Was alles sollten sie versuchen?

»Wir müssen was rauskriegen!«, sagte Mala, als sie am Sonntag nach der Schulmesse vor der Kirche zusammenstanden, »denn das Rote U soll nachher nicht sagen, seine Räuber wären Waschlappen und Dummköpfe!«

Dann besah er sich Silli. In ihrem neuen Sonntagsmantel mit dem netten Pelzkrägelchen und dem hübschen kleinen Samtkäppchen sah sie eigentlich sehr gut aus ...

»Wie so 'ne Wiener Schlittschuhläuferin«, sagte er, »die sind ja immer in der Zeitung fotografiert und sind alle sechzehn Jahre alt. Wie alt bist du eigentlich?«

»Noch nicht ganz dreizehn ... Warum fragst du so dumm?«

»Darum! Hör mal, Silli, das wäre eigentlich eine Arbeit für dich, dem Gebendeil Arbeit zu besorgen –«

Das Mädchen riss die blauen Augen auf.

»Für mich? Nun mach aber einen Punkt! Was versteh ich von der Arbeitsucherei? Meinen Vater hab ich schon gefragt, aber der hat jetzt nur noch zwei Bauten, und außerdem ist doch der Gebendeil Schlosser ...«

»Ich meine ja nur so, Silli«, sagte der lange Mala, »was bleibt uns denn anderes übrig als bei den dicken

Fabrikers von Haus zu Haus zu laufen und zu fragen? Beim Mannesmann, beim Haniel und Lueg, beim Phönix in Oberbilk. Und was denkst du wohl, wenn da so ein Junge ankommt und sagt: ›Ich möchte gefälligst euren Direktor sprechen‹ – dann wird der achtkantig rausgeschmissen, erstens mal sowieso, und zweitens sieht man uns doch den Räuber schon von weitem an. Kapierst du das? Na also!«

»Überhaupt, das ist gar keine räuberische Aufgabe!«, knurrte Döll.

»Das will ich nun grade nicht sagen«, meinte Boddas, »denn einer wie wir, der muss eben alles können. Und das will das Rote U gewiss mal feststellen. Meinst du, er hätte damals den Zettel, den der Knöres aus der Villa Jück holen musste, nicht geradeso gut in unser Buch legen können? Aber nein, der wollte nur sehen, ob wir die Courage hätten, in das Verbrecherhaus zu gehen. Na, und genau so ist es jetzt. Und das könnt ihr mir glauben, ich geh hundertmal lieber in die Villa Jück als zum Haniel ...«

»Alle tausend Teufel, das sage ich ja eben!«, rief Mala, »aber wenn Silli hinkommt und macht einen Knicks und so'n Quatsch – nein, ein Fräulein an die Luft zu setzen, dafür sind sie denn doch zu anständig!«

Das Mädchen winkte ab.

»So sehe ich aus! Nein, da geht ihr mal lieber hin und schlagt ein paar Mal Rad ... Ich wollte, wir hätten wieder eine anständige Aufgabe.«

»In früheren Zeiten«, beharrte Boddas, »haben die Räuber auch immer den armen Leuten geholfen, das wisst ihr ganz genau.«

So redeten sie hin und her im Weitergehen, bis Döll sich endlich vor seiner Haustür verabschiedete.

»Sonst komm ich zu spät zum Kaffee«, sagte er, »heut haben wir nämlich Streuselkuchen.«

Dann kamen sie in Malas Straße und bei Malas gab es sicher auch etwas Gutes, denn der Junge ging von der Haustür aus keinen Schritt mehr weiter.

»Morgen ist auch noch ein Tag!«, sagte er.

Endlich war auch Knöres fort und Boddas und seine Schwester gingen das kleine Stückchen bis nach Haus allein. Eigentlich hätten sie durch die Kapuzinergasse gemusst. Aber das bisschen Umweg tat nichts. Es war wirklich nicht unbedingt nötig, dass sie an Herrn Derendorfs Flickschusterhöhle vorbeigingen ...

Der Bauunternehmer Johann Boden war mit seiner Frau heute auch ein wenig früher aufgestanden, denn gleich nach dem Kaffee wollten sie mit den beiden Kindern nach Angermund hinausfahren und dort den herrlichen Spätherbsttag verbringen. Jetzt saßen sie zusammen beim sonntäglichen Kaffeetrinken, Frau Boden schnitt gerade den Kuchen an und legte jedem der Kinder ein großes Stück auf den Teller.

»Hoffentlich ist der Kaffee ordentlich heiß«, sagte sie, »ich hab in der Kirche gefroren wie ein Schneider. Wenn ich erst an den Winter denke ... da holt man sich ja die schönste Lungenentzündung!«

»Wir fangen nächste Woche schon mit dem Einbau der Heizung an«, sagte der Bauunternehmer. Er war ja im Kirchenvorstand und musste das wissen. »Wenn nur die schrecklichen Ausschachtungsarbeiten unter dem

Kirchenschiff nicht wären, dann könnte die ganze Heizung schon in drei Wochen fertig sein. Aber so!«

Boddas sah verstohlen seine Schwester an und das Stück Kuchen blieb ihm im Halse stecken. Also jetzt kamen die Arbeiter und mit dem schönen alten Klostergärtchen war es aus! Dann würde dort der Schutt aufgetürmt, die ausgeschachteten Erdmassen würden gewiss dorthin abgefahren und weiß Gott noch was!

Ja, die Kinder hassten ordentlich die neumodische Zeit mit ihren Heizungen, ihren Kanälen, Kabelanlagen, elektrischen Bahnen und Autobussen! Ein schönes Spielfleckchen nach dem andern wurde weggefressen von der Großstadt wie der Frühlingsschnee von der Aprilsonne ...

Boddas musste das morgen sofort den anderen sagen und dann wollten sie noch einmal den ganzen Tag in das Gärtchen und hinab in den Keller unter dem Pfarrhaus. In diesen alten Keller konnten doch auch die Heizungsöfen kommen, meinte er, und dann Röhrenleitungen in die Kirche. Warum wollten sie gerade unter dem Kirchenschiff ausschachten und damit das ganze Gärtchen verderben durch das Hin und Her von Arbeitern, Karren und Pferden?

Eine Schande, dass gerade in dieser Woche die Sache gemacht werden musste mit dem Gebendeil! Sie hätten so schön Zeit gehabt, von dem heimlichen Spielplatz Abschied zu nehmen! Aber da war nichts zu machen. Das Rote U hatte befohlen und damit war die Sache erledigt.

»Vater«, sagte da Silli auf einmal, »ich habe dir doch schon gestern von dem armen Schlosser Gebendeil und seinen vier oder acht Kindern erzählt; ich glaube, es sind sogar zehn oder fünfzehn ... Wenn ihr doch nun die Heizung macht unter der Kirche, dann kannst du ihm sicher Arbeit geben –«

»Das ist ja sehr schön von dir, Kind, dass du daran denkst«, meinte Herr Boden, »aber da kann ich gar nichts dran machen. Die Arbeit wird einfach in der Zeitung ausgeschrieben und die Firma, die sie kriegt, bringt ihre Arbeiter natürlich mit ... Möglich, dass sie den einen oder anderen neu einstellt. Aber dann muss sich Herr Gebendeil eben an die Firma wenden, wenn es so weit ist. Ich will euch schon zeitig Bescheid sagen, dann könnt ihr es ihm ja bestellen lassen durch die Kinder. Vielleicht hat er Glück.«

Boddas hörte kaum hin. Er krümelte an seinem Kuchen herum, rührte mit dem Kaffeelöffel in der Tasse, dann stierte er wieder Löcher in die Luft ... Er hatte so seine Gedanken. Aber er sagte nichts.

Auch unterwegs, als sie von der Bahnstation durch die fast schon kahlen Wälder gingen, Angermund zu, war er still und ganz sonderbar in sich gekehrt. Silli merkte es wohl. Aber sie wusste, wenn irgendetwas hinter des Bruders kantiger Stirn arbeitete, dann war es nicht gut, ihn zu stören. Aber was mochte es diesmal sein? Was waren das für Linien und Figuren, die er immer, wenn sie auf einer Bank saßen, in den Sand zeichnete?

In Angermund wollten sie zu Mittag essen. Und kaum hatten sie sich an den schön und sauber gedeckten Tisch in der einsamen Wirtschaft gesetzt, da ging die Türe auf und Silli rief leise: »Da kommt der Ühl!«

Alle drehten sie sich um, und richtig – der Landgerichtsrat Bernhard, ein ernster, früh grau gewordener Mann, trat mit seiner feinen Frau und dem blassen Jungen ein. Man sah ihm an, dass er sich freute Herrn Boden hier zu treffen. Denn beide Herren kannten sich schon lange. Herr Boden hatte seinerzeit das neue Haus des Richters gebaut. Auch der Junge bekam ein rotes Gesicht vor Freude, als er Silli und Boddas sah.

»Das ist aber fein!«, sagte er, »gerade ihr seid hier. Darf ich nach dem Essen vielleicht mit euch spielen?«

Boddas schaute den kleinen Jungen an, ungefähr wie ein gewaltig einhertrottender Bernhardiner ein Terrierhündchen besieht ...

»Na ja«, sagte er gutmütig, »wenn du Lust hast –«

Der Junge wurde womöglich noch röter.

»Wir wollen nämlich Kahn fahren«, sagte Boddas, »wenn du keine Angst hast.«

Herr Boden und der Richter hatten sich schon begrüßt und die Frauen schon freudig festgestellt, dass es wirklich herrliches Wetter wäre und dass man an so einem Sonntag gar nichts Besseres tun könnte als aufs Land zu fahren, gerade hierhin, in diese Waldeinsamkeit – Frau Boden sagte das und Silli und Boddas fanden das sehr komisch. Aber es wurde doch ganz schön, das Essen schmeckte allen herrlich und noch feiner war die Kahnfahrt nachher auf der Anger. Der komische Ühl kreischte nicht einmal, wenn Silli im Kahn so schaukelte, dass das Wasser beinahe hineinschwappte. Selbst Boddas wurde das zu viel.

»Ich haue dir gleich mit dem Ruder auf die Finger!«, rief er seiner Schwester zu; aber als er dann seine Mutter fern am Ufer im Wirtshausgarten stehen sah, wie sie die Hände entsetzt zusammenschlug, schaukelte er selber noch kräftig mit.

Es war das erste Mal, dass die beiden Kinder mit dem blassen Jungen allein zusammen waren, und als sie nach einer Weile langsamer zurückruderten, fragte Boddas den Ühl: »Sag mal, weshalb bist du noch bei uns in der Volksschule? Dein Vater müsste dich doch eigentlich aufs Gymnasium schicken ... Bei mir ist das was anderes. Ich komme auf die Bauschule und dann geh ich gleich ins Geschäft von meinem Vater.«

Der Junge war wieder rot geworden.

»Ja«, sagte er, »du hast Recht, aber meine Mutter meint, ich muss mich noch schonen – weil ich so schwach bin. Mutter will nicht, dass ich mich jetzt schon so anstrenge. Ich soll bis vierzehn Jahre in der Volksschule bleiben und dann auf eine Privatschule ... Aber wisst ihr«, Boddas sah genau, dass sein Gesicht jetzt rot wurde, nicht mehr vor Scham, sondern vor Zorn, »das meinen die nur alle! Und dabei bin ich doch wirklich nicht so schlapp ... Ob ihr mich nicht doch mal auch auf dem Schulhof mit euch spielen lassen könnt?«

»Ja, vielleicht später mal«, sagte Boddas, »muss erst mit den anderen sprechen ... Vorläufig ist natürlich noch nicht dran zu denken. Wir haben jetzt da so Sachen ... Aber darüber kann ich bei Fremden selbstverständlich nicht reden –«

Doch der Ühl war schon froh, dass Boddas nicht ganz Nein gesagt hatte. Sogar auf den Landungssteg half er ihm jetzt.

»Ich werde dich also vormerken, frag gelegentlich mal wieder nach ...«, sagte er noch. Diese schöne Redensart hatte er natürlich von seinem Vater gelernt.

Mittlerweile war es drei Uhr geworden und sie marschierten nun alle zusammen ab nach Ratingen. Dort wollten sie Kaffee trinken und dann wieder mit der Bahn nach Hause.

Herr Boden ging mit Herrn Bernhard voran, dann kamen die Kinder und zuletzt, ein gutes Stück hinterher, Frau Boden mit der schönen Frau Bernhard. Auf einmal spitzte Silli die Ohren und dann packte sie verstohlen ihren Bruder am Arm ...

»Du, hör mal«, sagte sie, »was da die Frau Bernhard sagt ...«

»Ach, das kann ich mir schon denken!«, rief der kleine Bernhard, »meine Mutter spricht beinahe den ganzen Tag nichts andres. Die hat solche Sorgen, meinem Vater könnte was passieren ... Der hat ja vor zwei Jahren die Verbrecher aus dem öden Haus da bei unserer Schule verurteilt und da haben sie ihm Rache geschworen ... Wenn sie rauskämen aus dem Gefängnis, dann machten sie ihn kalt, haben sie gesagt ... Und in ein paar Wochen ist ihre Zeit herum. Aber mein Vater macht sich nicht so viel draus.«

Silli lief es kalt den Rücken herab. Räuber spielen, das war ja wunderschön, aber richtige Verbrecher ... brr! Und sogar in der Höhle, wo diese Kerle gehaust hatten, war der Knöres schon gewesen! Wenn das der kleine blasse Ühl wüsste!

»Dein Vater soll sie doch gleich wieder verhaften lassen!«, meinte Boddas jetzt.

»Als wenn das so ginge!«, erwiderte der Sohn des Richters, »erst müssen sie sich mal neue Straftaten zu Schulden kommen lassen, dann allerdings fliegen sie gleich ins Zuchthaus, als rückfällige Verbrecher –«

Ja, der Junge hatte daheim gut die Ohren aufgemacht. Und Boddas besah ihn allmählich mit etwas mehr Achtung. Schade, dass er so zart war und keine richtigen Knochen hatte! Einen, der mit wirklichen Verbrechen zu tun hatte, könnten sie sonst in ihrer Bande herrlich brauchen. Schade! – Nun, Räuber und Gendarm konnten sie ihn ja gelegentlich einmal mitspielen lassen auf dem Schulhof. Aber ihn mitnehmen über die Mauer? Herübergekonnt hätte er vielleicht ja. Denn man brauchte nur an der Schulmauer in den Holunderbaum zu klettern, und von da aus rasch auf die Mauer. Aber für so feine Jüngelchen war das nichts!

Ja, da fiel Boddas wieder der verwilderte Klostergarten ein. Jetzt würde es damit ja sowieso aus sein! Er konnte es gar nicht abwarten, bis er morgen die große Neuigkeit dem Döll und dem Knöres und Mala erzählte. Und dann wollten sie wirklich jede Stunde, die sie frei hatten, noch in das Gärtchen gehen ...

Aber Mala fehlte am nächsten Tag in der Schule, er hatte Halsweh, und Knöres und Döll mussten nachmittags in die Schule. Drum blieb Boddas nichts anderes übrig als zuerst einmal allein ihrem Garten einen Besuch zu machen. Schnell schrieb er nach dem Essen seine Schulaufgaben hin – ob er sie richtig hatte, das kümmerte ihn heute nicht – und dann nahm er sich aus dem Büro seines Vaters einen zwei Meter langen Zollstock, tat eine neue Batterie in seine Taschenlampe und machte sich mit Silli auf den Weg zur Schule.

Alles ging gut. Niemand sah sie, wie sie über den leeren Schulhof huschten und in dem Holunder verschwanden. Und nun noch schnell einmal am Pfarrhause hinaufgeschaut, ob nicht einer der Kapläne am Fenster war ... aber die Luft schien rein. Rasch sprangen sie in das herbstdürre Gesträuch hinab und schon waren sie in dem niedrigen Kellerloch verschwunden. Einen Augenblick noch schauten sie durch das blätterleere Gerank des wilden Weines zurück, aber sie sahen nur ein Kaninchen flitzen. Jetzt mochte man sie suchen! – Und Boddas knipste seine Taschenlampe an, dann schritten sie vorsichtig die bröckligen und verfallenen Stufen hinab.

»Dass noch niemand diesen Keller gefunden hat!«, sagte Silli. »Da wohnen sie vielleicht schon wer weiß wie lange hier, haben ihre Kohlen und Kartoffeln im Keller und wissen nicht, dass unter ihrem Keller noch Gewölbe sind –«

»Vom Pfarrhaus kann man ja gar nicht hier hinein!«, erklärte Boddas, »das alte Türloch ist längst zugemauert und unser Gärtchen ist ihnen nicht der Mühe wert –«

»Ach, bald werden die Bauleute ja kommen und vermessen«, sagte Silli.

Boddas nahm seinen Zollstock heraus: »Zuerst mal vermesse ich, der Herr Boden!«, erklärte er.

»Du? Und was willst du messen?«

»Nun, so allerlei ... Wir sind ja überhaupt noch nicht so richtig in dem Keller gewesen. Graut es dir vor den Gerippen und Totenköpfen?«

»Nein, kommt nicht in Frage, Herr Boden!«, lachte Silli, »das sind keine Verbrecher!«

Nun waren sie ganz unten. Und die Lampe beschien dickes, festes Mauerwerk, mächtige Wölbungen und den mit Ziegeln sauber gemauerten Boden. Der Raum war nicht besonders groß. Über ihm hatte gerade das Pfarrhaus Platz, also das alte Klostergebäude mit seinen Kellern.

Der Junge des Baumeisters konnte sich ganz gut denken, weshalb die klugen Mönche ihren eigentlichen Keller über dem noch tieferen, dem Begräbniskeller, angelegt hatten, so hoch, dass man nur ein paar Stufen hinabzugehen hatte. Das war wegen der Rheinüberschwemmungen gewesen und die gab es früher fast in jedem Jahr, ehe der Strom allenthalben eingedämmt war, hatte der Vater gesagt. So wurde dann nur der Totenkeller, nicht aber der Weinkeller überschwemmt.

»Siehst du«, sagte Boddas zu Silli und er leuchtete umher, wo bald da, bald dort, in wirrem Durcheinander, ein Schädel oder Gebeine lagen, »hier hat das Wasser schon wer weiß wie oft alles durcheinander geschwemmt ... Da, nimm mal mein Notizbuch und den Bleistift.«

»Was soll ich damit?«, fragte das Mädchen leise. Es war ihr doch nicht so ganz geheuer zwischen den bleichen Gebeinen.

»Das wirst du schon sehen!«

Und Boddas fing an zu messen ... »2, 4, 6, 8, 12 ... schreib: Länge 14 Meter fuffzich ... So ...«

»Breite 2, 4, 6, 8 ... genau 8 Meter ... weißt du, wo wir jetzt wahrscheinlich drunter sind? Unter der Sakristei. Aber das werden wir schon noch sehen –«

Boddas war ganz aufgeregt. Wer ihm zugesehen hätte, der würde es gemerkt haben: dass die Bodens schon von den Ururgroßvätern her Baumenschen waren. Und das steckte auch dem Jungen im Blut.

Nun visierte er über den zusammengeschobenen Zollstock.

»Der Chor der Kirche muss etwas nach rechts herüber liegen«, sagte er halb für sich und er leuchtete die Mauer ab.

»Siehst du, hier diese Mauer ist viel dicker und massiver als die an den anderen Seiten. Das sind die Grundmauern der Kirche. Und gerade da hab ich neulich was gesehen. Komm, Silli, es hilft uns nichts. Hier liegt ein Haufen Knochen, das Wasser hat sie gegen die Mauer geschwemmt. Wir müssen sie wegräumen.«

Aber das Mädchen begriff immer noch nichts.

»Die pack ich nicht an!«, rief sie.

»Dumme Gans!«, fuhr der Bruder sie an, »wenn die Toten da wüssten, weshalb ich ihre Knochen hier weghaben will, dann würden sie von selbst aus dem Weg gehen.«

Aber wie er sich nun bückte und einen Knochen nach dem anderen, einen Schädel um den andern weghob und beiseite legte, da griff er doch so vorsichtig und behutsam zu, als wäre er bange, er möchte einem wehetun.

Doch bald war er fertig und nun nahm er Silli die Lampe, mit der sie ihm geleuchtet hatte, aus der Hand und ließ ihren Schein auf die frei gewordene Wand fallen.

»Siehst du wohl?«, triumphierte er. »Diesen Mauerbogen hatte ich schon längst gesehen –«

Ja, sie standen vor einem vermauerten Türloch.

Boddas rieb sich die Hände.

»Ich sag es ja, hier braucht nur mal so ein alter Baumeister hinzukommen. Früher habe ich nicht so drauf geachtet. Aber gestern auf dem ganzen Weg hab ich es mir überlegt ...«

»Wie du die Figuren in den Sand gezeichnet hast?«

»Merkst du das jetzt erst? Und nun raus und oben nachgemessen. Bis an die Kirche.«

Im Garten nun huschten sie flink wie die Kaninchen durch das hohe Gebüsch und das welke Gras, hinter den Heiligenfiguren herum, und bald war die ganze Seite in dem Notizbuch mit Zahlen beschrieben.

Aber Boddas sah sie sich erst genauer an, als sie wieder hinter dem wilden Wein auf der Kellertreppe saßen, und er rechnete und rechnete, verglich, zählte ab, zählte zu und schließlich sagte er: »Die zugemauerte Tür führt unter den Chor der Kirche. Wir wollen mal sehen, ob wir sie kaputtkriegen.«

Und er hob eine dicke eiserne Mauerklammer auf, über die er schon ein Dutzend Mal fast gefallen wäre. Und damit klopfte er drunten zuerst leise, dann kräftiger, erst an die Mauer, dann wieder an das Kirchenfundament, nun wieder an die Vermauerung ...

»Sie klingt heller, also ist sie nur dünn!«, stellte er fest, aber es dauerte wohl eine Stunde, bis er den ersten Stein herausgewuchtet hatte. Kurz darauf polterte schon der zweite nach innen – ein schwarzes Loch gähnte ihnen entgegen.

Tief atmete Boddas auf und warf das Eisen auf die Erde – seine Hände waren zerkratzt und blutig.

»Silli, gib mir mal dein Taschentuch!«, sagte er.

Aber schon fuhr er zurück und Silli hatte einen hellen Schrei ausgestoßen ... Mit beiden Händen klammerte sie sich an ihren Bruder ... Ja, er hörte es auch ... da drinnen hinter der vermauerten Tür klang leiser, leiser Gesang. Zwar hörten die Kinder nicht die Worte, nur den Ton der düsteren Melodie, der von weit, weit her zu kommen schien ...

»Da singen die Gespenster«, hauchte das Mädchen und zitterte, als hätt es Fieber.

Aber der kleine Baumeister hatte seine Ruhe schon wieder.

»Dummes Zeug, Gespenster! Die Lampe her!«

Und er leuchtete in das Mauerloch hinein. Nicht weit fiel der schwache Strahl in die Finsternis, aber was Boddas sah, das genügte ihm: Drinnen lag Gerippe neben Gerippe in heiliger Ruhe und über die Toten hin klang wie aus der Erde heraus eine leise, traurige Melodie.

Boddas atmete auf.

»Da hast du deine Gespenster!«, sagte er, »denn das ist doch nur die Orgel aus der Kirche. Vielleicht übt der Organist gerade. Und man hört drunten ein paar ... Ja, ja, wir Baumeister!«

Und nun erst schaute auch das Mädchen durch die Mauerlücke ...

Eine halbe Stunde später klingelte es an der Wohnungstüre des Pfarrers. Die Haushälterin öffnete.

»Nun, Kinder, was wollt ihr?«

»Den Herrn Dechant sprechen, Frollein!«, sagte Boddas, »ich bin nämlich der Sohn von dem Herrn Kirchenvorstand Baumeister Boden.«

»Na, dann kommt mal rein, Kinderchen«, sagte die alte Frau und Boddas hätte ihr am liebsten die Augen ausgekratzt. Kinderchen! Was fiel der ein? Wer hatte noch vor einer halben Stunde zwischen grässlichen Gerippen im Totenkeller gestanden – sie oder er und seine Schwester? Na, die dumme Person würde schon Augen machen!

Jetzt wurden sie in ein Zimmer geführt mit roten Plüschsesseln. Auch auf dem Tisch lag eine rote Plüschdecke und auf der roten Plüschdecke ein Album von Rom ... Boddas wollte es gerade aufschlagen, denn gewiss waren schöne Bauten drin zu sehen ... Aber da ging die Türe auf und der Dechant trat ein.

»Ihr wolltet zu mir, Kinder?«, fragte er, »gewiss sollt ihr von eurem lieben Vater etwas bestellen!«

Und er gab beiden die Hand, zuerst Silli und dann Boddas. Der alte Dechant war eben ein höflicher Mann.

Boddas aber nahm recht auffällig den Zollstock aus der hinteren Hosentasche und sagte: »Nein, Herr Dechant, wir kommen ganz von selber. Aber es ist wirklich etwas Wichtiges ...«

Er griff nach seinem Notizbuch, leckte an den Zeigefinger, wie er es oft von seinem Vater gesehen hatte, und blätterte ein paar Seiten um, auf denen allerlei Männchen gezeichnet waren.

Der Dechant sah den Jungen groß an.

»Na, dann setzt euch mal, Kinder«, sagte er, »ich komme gleich wieder!«

Boddas sah seine Schwester an und blinzelte mit den Augen:

»Eine feine Sache wird das!«, flüsterte er.

Doch schon kam der Dechant zurück und setzte eine bunt bemalte Blechdose mit knusprigem Gebäck vor die Kinder.

»Es schadet ja nichts, wenn ihr derweil ein bisschen hier hineingreift!«, sagte er freundlich.

»Ja ja«, nickte Boddas, »meine Schwester ist sehr für süße Sachen!«

Der Pfarrer lächelte: »Dann soll ich wohl dir lieber eine Zigarre holen?«

Der Junge wurde ein wenig rot. »Dazu ist die Sache viel zu ernst«, sagte er.

»Na, dann schieß mal los, mein Junge!«

Der Dechant lehnte sich in dem rot plüschenen Kanapee zurück und verschränkte seine weißen, dünnen Hände im Schoß.

»Die Sache ist die«, fing Boddas an, »was kriege ich, wenn ich der Kirche, sagen wir mal, 10 000 Mark erspare? Denn 10 000 Mark ist doch allerhand Geld –«

Der alte Herr riss die Augen auf.

»10 000 Mark ersparen? Der Kirche? Da musst du schon deutlicher werden –«

»Herr Dechant, es soll doch jetzt eine Heizung angelegt werden unter dem Kirchenschiff ...«

»Ja, und?«

Boddas suchte nach Worten. Er hatte sich das doch alles so fein zurechtgelegt und jetzt wusste er rein gar nichts mehr ...

Aber Silli konnte es schon lange nicht mehr aushalten.

»Herr Dechant«, prustete sie heraus, »Sie brauchen unter dem Schiff gar nicht erst ausschachten zu lassen. Denn gleich droben unter dem Chor ist ein altes Begräbnisgewölbe ...«

Dem Pfarrer blieb für einen Augenblick die Sprache weg. Und dann fragte er noch dies und das, schließlich musste der Küster kommen, Treppenleitern wurden herbeigeschafft und bald stand der Dechant vor dem Loch, das Boddas gehackt hatte, und schaute im Strahl einer starken elektrischen Lampe in das Gewölbe der Toten.

Als er sich zurückwandte, sagte er zu dem Küster: »Bitte, telefonieren Sie gleich einmal mit dem Herrn Baumeister Boden, er möchte doch sofort herkommen ...«

»Was, Herr Dechant?«, knurrte der Küster, »zuerst kriegt doch der Lausebengel mal eine gepfefferte Tracht Prügel! Was hat die Rasselbande sich hier herumzutreiben? Also komm mal mit, mein Söhnchen, in die Sakristei!«

»Herr Dechant!«, schrie Boddas.

»Keine Angst, mein Junge«, lächelte der alte Mann.

»Angst, Herr Dechant? Ich habe keine Angst! Aber

von dem Küster ist es schon eine Gemeinheit! Bei mir wäre der zum letzten Mal Küster gewesen!«

Brummend war der Küster gegangen.

Und nun sagte der Pfarrer: »Sogar eine Belohnung sollt ihr haben, Kinder! Sagt mal, was wünscht ihr euch?«

»Deswegen sind wir ja eben zu Ihnen gekommen, Herr Dechant!«, lachte Silli, »sonst hätten wir bestimmt nichts von dem Keller gesagt. Darin kann man doch so fein spielen.«

»Kind, du bist wenigstens ehrlich!«, lächelte der alte Herr. »Und was wollt ihr also haben?«

»Dass Sie den Vater von den armen Gebendeil-Kindern bei dem Heizungsbau beschäftigen und dass Sie ihn nachher als Heizer hier anstellen. Er ist doch Schlosser –«

Es dauerte eine Weile, bis der Dechant antwortete. In dem Düster konnten die Kinder sein Gesicht nicht sehen.

Und sie dachten, er besänne sich nur, ob er Ja sagen sollte oder Nein. Aber als er nun antwortete, klang seine Stimme so weich, und er sagte: »Kinder, ihr könnt dem Mann gleich Bescheid sagen. Nächsten Montag fangen wir an.«

Ein sonderbares Schuljubiläum

»Das Rote U ist verrückt geworden!«
So sagte Mala.
»Vollständig verrückt!«, fügte Boddas hinzu.
»Ja, aber –«, meinte Silli, »dann zeigt doch mal her!«
Mala schüttelte den Kopf.
»Das hat gar keinen Zweck. Das Rote U ist verrückt. Basta.«
»Sollt ihr etwa die Schule in Brand stecken?«, fragte Silli.
»Würd ich dann in Dreiteufelsnamen sagen, er wäre verrückt?«, zischte Mala giftig.
»Noch was Dolleres also?«
»Ja. Wenn man die Schule anstecken will, dann braucht man nur Streichhölzer. Und wenn wir den Rhein anhalten wollen, dann haben wir weiter nichts nötig als auf den Sankt Gotthard zu gehen und die Hand vor die Quelle zu halten. Dann haben sie hier ihren Rhein gehabt. Aber können wir mit dem Mond Fußball spielen oder die Sonne anhalten?«
»So etwas Schweres sollen wir tun?«, fragte Döll entsetzt.
»Noch etwas viel Schwereres. Die Sonne anhalten ist dagegen kinderleicht! Aber ihr könnt ja selber lesen ...«
Die fünf saßen in einer langen Reihe auf der Kai-

mauer am Rhein und ließen die Beine hinabbaumeln. Und nun zeigte Mala ihnen den Zettel, den er heute in seinem Rechenbuch gefunden hatte. Das Papierchen ging von Hand zu Hand ...

Lange Zeit sagte niemand etwas.

Und schließlich nickte Silli vor sich hin: »Mala hat vollständig Recht!«

»Nicht wahr?«, sagte Boddas. »So ein Blödsinn. ›Ihr habt dafür zu sorgen, dass am 17. Dezember schulfrei ist.‹«

»... Dass wir die Schule nicht anstecken und die Lehrer nicht vergiften, das weiß er natürlich selbst. Wir sind doch keine Verbrecher ... Ja, wenn er geschrieben hätte, wir fünf sollten am 17. Dezember allemal die Schule schwänzen – das wäre noch was gewesen. Aber schulfrei! Die ganze Schule frei! So was muss man sich anhören!«

»Ich pfeife überhaupt bald auf das Rote U!«, brummte Döll, »jetzt hat es beinah vierzehn Tage nichts von sich hören lassen und nun auf einmal so ein Blech!«

»Und dabei sind jetzt den ganzen Tag die Arbeiter in dem alten Garten und wir gucken in den Mond. Die Karnickel haben sie alle selbst gefressen ...«

»Dann leg doch du mal einen Zettel in dein Buch, Mala«, riet jetzt Silli, »und schreib dem U klipp und klar, was er für 'n Quatschkopp ist! Vielleicht findet er deinen Brief und geht schön nach Grafenberg in die Irrenanstalt ...«

»Oder er wird böse auf uns!«, sagte Knöres düster.

Ja, sie wussten nicht, was sie machen sollten. Das

Rote U war doch sonst so vernünftig gewesen! Und nun diese Geschichte! »Kümmern wir uns einfach nicht darum!«, hatte Silli noch zuletzt, als sie auseinander gingen, geraten. Aber das war leichter gesagt als getan. Immerhin blieb ihnen ja noch fast ein Monat Zeit über die Sache nachzudenken. Aber auf jeden Fall wollten Mala und Boddas einmal jeder ein Briefchen in sein Buch legen und darin dem Roten U begreiflich machen, dass es ganz etwas Unvernünftiges und Unmögliches von ihnen forderte. Es hatte ganz sicher gar keine Ahnung davon, wie es in einer Schule zugeht. Das müssten sie ihm einmal ganz genau schreiben. Ja, und dann würde es ihnen wohl eine andere Arbeit geben.

Der Einzige, der sich die Sache ernster durch den Kopf gehen ließ, war Mala. Ein schulfreier Tag, und das mitten im Jahr – war das nicht eine wunderbare Sache, für die man sich wirklich einmal anstrengen konnte? Aber wie sollte man das anfangen?

In Gedanken versunken saß der Junge mittags bei Tisch und er merkte zuerst gar nicht, dass es Rotkraut gab, was er doch nicht ausstehen konnte.

»Sag mal, Junge«, fragte sein Vater endlich, »du denkst wohl über einen Leitartikel für die Zeitung nach?«

Denn Malas Vater war der Redakteur vom Tageblatt. Und wer ihn so sprechen hörte, meinte, es gäbe nichts, was er so sehr hasste wie eben die Zeitung. Und nicht nur seine Zeitung! Er hasste sie alle. Wenigstens gab es keinen Tag, an dem er nicht über die Zeitungsschmierer, wie er sie nannte, in den kräftigsten Ausdrücken schimpfte und wetterte. Seine Hauptsorge war, dass sein Sohn nicht auch das Zeitungsschreiben anfing. Nein, der sollte gleich mit vierzehn Jahren auf das Landgut von Herrn Schlössers Bruder, der keine Kinder hatte, und ein tüchtiger Bauer werden.

»Denn den Kohl, den der Bauer zieht, kann man wenigstens essen«, sagte Doktor Schlösser immer«, »von dem Zeitungskohl aber wird nicht mal ein Toter satt!«

Mala wusste das alles sehr gut, und wenn einer ihn gefragt hätte, woher er eigentlich das Fluchen gelernt hätte, dann hätte er sagen müssen: »Von meinem Vater.«

Sieh da, schon wieder stieß Herr Schlösser einen ellenlangen Fluch aus und warf die Serviette auf den Tisch. Das Telefon hatte geklingelt ...

»Nicht mal zum Mittagessen hab ich armer Zeitungsknecht Ruhe!«, schrie er.

Und als er wiederkam, sagte er zu Malas Mutter: »Man soll's nicht für möglich halten. Fragt da so ein Kamel an, ob es wahr wäre, dass morgen der Sultan hierher käme und sich die Mannesmann-Werke besehen wollte. Ich habe natürlich gleich Ja gesagt und der König von Pamir käme übrigens auch mit ... Aber das wäre strengstes Geheimnis, keinem dürfte er es wiedersagen, und die Herrschaften kämen 10 Uhr 31 mit dem Schnellzug von Solingen, da hätten sie die Messerschmieden besichtigt – «

Frau Schlösser lachte. »Aber lieber Mann«, sagte sie, »warum regst du dich denn darüber auf?«

Und Mala rief: »Es gibt ja gar keinen Sultan mehr, der ist doch längst abgesetzt!«

»Das ist es ja eben! Die Leute glauben alles, was man ihnen sagt, und einen König von Pamir gibt es natürlich auch nicht und auch keinen Schnellzug von Solingen. Aber bitte, lauf morgen mal an den Hauptbahnhof 10 Uhr 31 ... da werden Hunderte von Menschen stehen ...«

Mala sah seinen Vater an und sagte: »Dann setz doch gelegentlich mal in die Zeitung, am Soundsovielten fiele die Schule aus ...«

Herr Schlösser lachte rau: »Das könnte dir so passen, mein Söhnchen. Aber wenn ich's täte – bestimmt, kein Mensch käme in die Schule, auch die Lehrer nicht ... Doch ich werde mich hüten! Du sollst ein ordentlicher Mensch werden und kein Windbeutel! Schockschwerenotbombenelementmillionendonnerwetter noch mal!«

›Den Fluch muss ich mir merken‹, dachte Mala, ›denn den kenne ich noch nicht.‹

Und wie ganz von ferne sah er eine winzige Möglichkeit dämmern, den Willen des Roten U zu erfüllen.

Aber dass bei seinem Vater nichts zu machen war, sah er vollkommen ein. Er wusste auch ganz genau: Es gab keinen Menschen, der seine Zeitung und seinen Beruf mehr liebte als Doktor Schlösser. Dinge, über die er nicht schimpfen und krakeelen konnte, mochte er nicht. Und je mehr er über eine Sache fluchte, desto mehr lag sie ihm am Herzen. Drum wollte Mala erst gar nicht versuchen bei seinem Vater irgendetwas auszurichten. Nein, dazu mussten andere Leute heran! Und Mala wusste auch schon, wer!

Herr Behrmann war ein Studienfreund seines Vaters gewesen, allzeit lustig und guter Dinge. Sorgen machte er sich nie, und als sein Freund Schlösser längst Herr Doktor Schlösser und Redakteur an der Zeitung war, da studierte Herr Behrmann immer noch. Das heißt, eigentlich tat er nichts als in mancherlei Büchern oberflächlich herumschnüffeln und sich, wenn es eben ging, einen guten Tag machen. Aber weil man nun doch nicht ewig studieren kann, zog er hier in die Stadt, wo Doktor Schlösser Redakteur war. Jeder Mensch muss nämlich leben und Herr Behrmann musste das auch. Drum schrieb er oft für das Tageblatt kleine und große Aufsätze über allerhand Dinge, über Altes und Neues, was ihm gerade in den Sinn kam oder was der Redakteur ihm auftrug. Das gab dann jeden Monat ungefähr so viel Geld, wie Herr Behrmann brauchte. Zudem wurde er öfter von Frau Schlösser zum Abendessen eingeladen, denn er war ein lustiger Vogel, konnte sehr schön Klavier und Geige spielen und sang mit herrlicher Stimme alles, was man haben wollte.

Herr Behrmann also war Malas Mann. Und Mala wusste auch, wo er wohnte. Denn oft hatte er ihm von seinem Vater ein Buch oder Theaterkarten bringen müssen und über das Buch oder das Theaterstück musste dann Herr Behrmann ein paar gescheite Worte für die Zeitung schreiben.

Aber Mala bedachte sich doch noch ein paar Tage. Erst als eine Woche seit dem sonderbaren Befehl des Roten U herum war, klopfte er des Abends an Herrn Behrmanns Stübchen, vier Treppen hoch, in der Bolkerstraße.

Gleich hörte das feine, leise Violinspiel drinnen auf und Herr Behrmann stand in der Türe, die Geige noch in der Hand. Trotz der tiefen Dämmerung erkannte er Mala gleich.

»Ah, der junge Herr Schlösser!«, rief er, »komm herein, mein Sohn, und sag, was du Gutes bringst! Warte, ich mache Licht!«

»Nicht nötig, Herr Behrmann«, sagte Mala, »was ich mit Ihnen besprechen wollte, kann ich gerade im Dunkeln am besten sagen –«

»Dann schieß los, mein Sohn!«

Mala setzte sich also auf das Bett und Herr Behrmann schwang sich auf den Tisch am Fenster. Nur ganz dunkel sah der Junge seine Umrisse gegen das dämmerige Fenster.

»Die Sache ist so«, fing Mala an, »wir möchten am 17. Dezember gern schulfrei haben.«

»Na, dann schwänzt doch einfach ...«

»Nein, nein, das geht nicht! Das geht ganz und gar nicht! Die ganze Schule soll frei haben – das ist es!«

»Mein Sohn, du bist verrückt! Und kann ich denn daran etwas machen?«

»Ja, Herr Behrmann, das können Sie! Aber zuerst müssen Sie mir schwören, dass Sie mich nicht verraten! Hören Sie?«

»Wo denkst du hin?«

Und feierlich hielt er die Hand hoch: »Ich schweige wie ein Rheinkiesel!«

Nun erzählte Mala das mit dem Sultan und dem König von Pamir und der Vater hätte gesagt, die Menschen glaubten alles, was man ihnen sagte ...

Herr Behrmann lachte, dass es in seiner Geige widerhallte.

»Da hat dein Vater ganz Recht, da hat er wirklich und tausendmal Recht – aber wie ich euch damit schulfrei verschaffen soll, das begreife ich immer noch nicht. Und dann gerade am 17. Dezember! Wie kommst du auf den Tag?«

»Auf den haben wir uns nun mal geeinigt«, erwiderte Mala kleinlaut, »da ist nichts mehr dran zu ändern. Herr Behrmann, können Sie nicht in die Zeitung setzen, Sie hätten gehört, der König von Pamir oder der Dalai Lama käme an diesem Tage hierher? Geht das nicht?«

»Nein, mein Sohn, das geht wirklich nicht«, lachte der ewige Student, »aber sonst – das würde ja ein himmlischer Spaß werden, ein himmlischer Spaß!«

Er sprang von seinem Tisch und fing an in der engen Stube auf und ab zu spazieren.

»Nein, das müsste man wahrhaftig probieren ... ist ja egal, was es ist ... aber den Leuten mal zeigen, wie dumm sie sind. Wo hast du eigentlich die Idee her, Junge?«

»Och, die haben wir uns so ausgedacht«, grinste Mala.

Aber Herr Behrmann hörte schon nicht mehr hin und f ing wieder an im Zimmer herumzuwandern.

Und schließlich sagte er: »Du bist vor die richtige Schmiede gekommen, mein Sohn! Wenn es sich um einen tollen Spaß handelt, dann ist der Onkel Behrmann immer zu haben. Nun lass ihn mal nachdenken –«

Er setzte sich wieder ans Fenster und Mala sah ihn kaum noch, so dunkel war es mittlerweile geworden. Er sah nur, wie Behrmann die Geige hob – und nun fing sie auch schon an ins Dunkel hinauszusingen, zuerst ganz leise, dann heller und geschwinder, wie die Vögel singen um Ostern, und dann wieder ganz leise ... oh, es war so schön und Mala meinte, er sähe von den mächtigen Bäumen der alten Seufzerallee die welken Blätter fallen. Ja, Mala hatte die Musik gern. Und Herr Behrmann hätte seinetwegen bis in die Nacht weiterspielen können.

Aber plötzlich setzte er die Geige ab und sagte: »Jetzt hab ich es, mein Sohn! Wollen sehen, ob es glückt! Schau also, sagen wir mal von Samstag an, jeden Morgen in die Zeitung. Und – halte den Mund!«

»Gerade ich werde doch nicht schwätzen!«, lachte Mala, gab Herrn Behrmann die Hand und polterte die steile Treppe hinunter.

In den nächsten Tagen aber dachten sie alle nicht mehr viel an das Rote U und an Herrn Behrmann. Denn ein sehr früher Winter hatte plötzlich eingesetzt, mit Eis und Schnee, und keiner von ihnen hatte nun etwas anderes mehr im Sinne als auf dem Rodelschlitten in sausender Fahrt den Napoleonsberg im Hofgarten hinunterzujagen. Als dann nach wenigen Tagen auch noch die Weiher in den Anlagen vereist waren, rannten sie, kaum dass sie sich nach dem Essen den Mund abgewischt hatten, auf den Speeschen Graben hinaus und fuhren Schlittschuh.

Wie eine Bombe schlug es drum ein, als Mala eines Mittags kam, in der einen Hand seine Schlittschuhe, in der anderen ein Zeitungsblatt schwenkte und schrie: »Am 17. Dezember ist schulfrei!«

Es dauerte keine Minute, da standen zwanzig, fünfzig, hundert Jungen und Mädchen um ihn herum.

»Hier steht's in der Zeitung!«, rief er. »Am 17. Dezember hat unsere Schule ihr dreihundertjähriges Jubiläum! Und extra steht dabei ...« Er las vor: »Hoffentlich hat die Schulbehörde so viel Einsehen und gibt den Kindern an diesem Ehrentag ihrer Schule frei!«

Jubelnd rannte die ganze Schar fort über das blaublanke Eis. Nur Silli, Boddas, Döll und Knöres blieben bei Mala stehen.

»Das ist ja unheimlich«, sagte Silli, »wie hast du das nur fertig gebracht?«

»Na ja, amtlich ist es natürlich noch nicht«, lachte Mala, »aber der Herr Behrmann hat wirklich das Menschenmögliche getan ...«

Und nun steckten sie die Köpfe über dem Zeitungsblatt zusammen, alle fünf, und stotterten langsam, Zeile für Zeile, den Aufsatz Behrmanns herunter.

So fing er an:

»Unsere altehrwürdige Schule an der Zitadellstraße begeht am 17. Dezember dieses Jahres einen seltenen Tag, den Tag ihres dreihundertjährigen Bestehens. Ausdrücklich gibt die Gründungsurkunde des Fürsten,

der damals unsere Stadt zu seiner Residenz erkor und den Grundstein zu ihrer Blüte legte, als Tag der Schulgenehmigung den 17. Dezember des Jahres des Heiles 1630 an ...«

Und so ging's dann weiter. Es wurden noch allerlei wissenswerte Dinge von der alten Schule erzählt, wie zuerst die frommen Mönche dort die Jugend der Stadt erzogen hätten und den Kindern die Anfänge der menschlichen und göttlichen Wissenschaft beigebracht ... Oh, es war sehr schön zu lesen. Nur verstanden Silli und die Jungen nicht allzu viel davon. Ganze Abschnitte mit Jahreszahlen und Namen überschlugen sie und lasen nur noch den Schluss:

»Der Turnsaal der Schule, den heute noch die uralten Deckengemälde zieren – war er doch einst der Kapitelsaal der Mönche –, dieser in seiner Art einzige Turnsaal wäre so recht wie geschaffen für die Festfeier am Jubiläumstag. Wir weisen die verehrte Lehrerschaft sowie auch die maßgebenden Stellen der städtischen Behörden jetzt schon auf alles das hin, denn dieser große Tag darf nie und nimmer vergessen werden und er soll auch den Kindern der ehrwürdigen Schule in ewiger Erinnerung bleiben.«

»Darauf kann Herr Behrmann sich verlassen«, sagte Silli, »aber wissen möcht ich doch, ob das mit dem Jubiläum auch stimmt ...«

»Ob es stimmt oder nicht«, lachte Mala, »danach fragt doch keiner, oder meinst du, die Leute würden jetzt noch lang und breit nachforschen, wo es doch in der Zeitung steht?«

Aber Silli war schon wieder weg. Kaum sah man, wie sie lief. Ihr rotes Mützchen leuchtete, ihr Mäntelchen und die Enden des Schales flogen hinter ihr her – wie ein buntes Vögelchen war sie mit rotem Kopf. Und lachend rannten die Jungen hinter ihr drein.

Aber als es auf den Abend zuging, klopfte Mala doch wieder bei Herrn Behrmann. Der saß heute aber nicht mit seiner Violine da, sondern im behaglichen Schein der elektrischen Tischlampe tippte er emsig auf seiner Schreibmaschine.

»Solche Musik muss auch sein!«, sagte er zu dem Jungen.

»Was schreiben Sie denn da, Herr Behrmann? Vielleicht wieder etwas vom Schuljubiläum?«

»Hahaha!«, lachte der alte Student und seine goldene Brille funkelte nur so, »das war ein feiner Spaß, nicht wahr?«

»Aber stimmt es denn nicht?«

»I wo! Natürlich – eure Schule, die ist alt, sogar sehr alt. Aber dass sie gerade an diesem 17. Dezember 300 Jahre alt wird, ist bestimmt falsch ... Das hat der Onkel Behrmann nur mal so geschrieben.«

»Und das mit den Mönchen früher? Und all die Fürsten und Herzöge? Und die Jahreszahlen?«

»Begreifst du das denn nicht, Junge? Natürlich ist das alles richtig! Siehst du, das ist wie in einer Erbsensuppe ... wenn die anderen Erbsen alle gut sind, dann merkt es kein Mensch, wenn auch mal zufällig eine schlechte drunter ist.«

»Und fallen sie drauf rein?«

Behrmann hielt sich an den Stuhllehnen fest, so lachte er.

»Und wie!«, rief er, »hat dein Vater nichts davon gesagt?«

Nein, Malas Vater war diesen Mittag nicht zum Essen heimgekommen.

»Na also! Dann konnte er dir auch nicht erzählen, wie den ganzen Morgen bei der Zeitung das Telefon geklingelt hat. Alle wollten sie wissen, wie und was, und wie wir das rausgekriegt hätten. Auf den Gedanken, dass der Onkel Behrmann und also die Zeitung nur ein bisschen geschwindelt hat, ist kein Mensch gekommen ...«

»Auch mein Vater nicht?«, fragte Mala kleinlaut.

»Nein, der natürlich auch nicht. Der glaubt jetzt auch an den Sultan und an den König von Pamir ... Wehe dir, wenn du ihm auch ein Wörtchen nur sagst!«

Als Mala die Treppe hinabstieg, hatte er nun doch ein schlechtes Gewissen. Jetzt war sein Vater, der sich jeden Tag von neuem so ärgerte, wenn die Leute alles glaubten, was sie in der Zeitung lasen, jetzt war der Vater selber ganz genauso hereingefallen. Und er konnte ihm doch nichts sagen. Denn dann war erstens der freie Tag hin, und zweitens – was würde Herrn Behrmann passieren? Der Vater würde sicher nichts mehr von ihm in der Zeitung drucken und dann konnte der arme Herr Behrmann nicht mehr die Miete bezahlen, keine Kohlen mehr kaufen und musste überhaupt hungern ... Nein, das ging nicht!

Aber bald hatte Mala es ganz vergessen. Er sah, wie

in der Schule der Rektor und die Lehrer ihre Köpfe zusammensteckten, und dann wurde in den Geschichtsstunden immer viel erzählt von der alten Schule, wie es früher gewesen wäre, und das mussten sich die Kinder dann aufschreiben und am anderen Tag mussten sie es auswendig wissen ...

Nein, das war wirklich nicht sehr angenehm. Dann konnten sie den Herzog Johann Wilhelm und den Jan Wellem nicht auseinander halten und von jedem Herzog sollten sie wissen, was er für Gebäude und Straßen hatte anlegen lassen ... Nein, es war schon ein Kreuz! Außerdem durften sie nicht mehr in den Turnsaal. Denn es waren Anstreicher gekommen, die mussten die Wände neu weißen, den Boden lackieren, und ein richtiger Maler besserte sogar die Gemälde an der Decke aus – alles für die Jubiläumsfeier!

Bis dahin waren es noch vierzehn Tage. Und sie hörten in der ganzen Zeit nicht ein Wort vom Roten U. Es war ihnen auch ganz recht, denn das Winterwetter hielt an, immer fester froren die Gräben und Weiher im Hofgarten und an der Königsallee zu und auf dem Rhein trieben jeden Tag mächtigere Eisschollen.

Da hatten die Kinder genug zu tun. Aber eins hätten sie doch gar zu gern gewusst: Weshalb sollten sie gerade am 17. Dezember frei haben?

Hatte das Rote U an diesem Tage etwas Besonderes vor?

Immer wieder bedachten und besprachen sie sich, wenn sie zum Eis gingen, wenn sie abends vom Eis nach Hause liefen. Aber sie konnten und konnten nichts finden ...

Es war gerade ein Sonntag. Herr Behrmann war bei Doktor Schlösser zum Mittagessen eingeladen. Ein vergnügtes Essen war das. Und Mala hatte gar keine Lust, diesen Nachmittag, wenigstens solange Herr Behrmann noch da war, zum Eislaufen zu gehen. Denn der alte Student erzählte so schön und lustig und nach dem Essen spielte die Mutter Klavier und Behrmann die Geige dazu. Nein, Mala beschloss diesen Nachmittag zu Hause zu bleiben. Sein Vater hätte ihn vielleicht weggeschickt, aber er merkte ja kaum, dass der Junge da war. Denn Mala saß still in einer Ecke und las Karl May oder er tat nur so. Er horchte auf die Musik und auf Herrn Behrmanns Geschichten.

Auf einmal klingelte das Telefon. Doktor Schlösser ging selber an den Apparat. Und als er wiederkam, sagte er: »Nun hören Sie aber mal, Behrmann, da haben Sie ja ein nettes Zeug geschrieben von dem Schuljubiläum ...«

Mala zuckte zusammen. Oh, jetzt würde alles herauskommen ... Er fing zu zittern an. Vielleicht hatte das Rote U selber angerufen?

Herr Behrmann drehte sich vom Notenpult ein wenig um, schaute den Redakteur über seine goldene Brille hin an und sagte: »Nanu?«

»Ja, nanu!«, polterte Malas Vater, »der Schulrektor hat selber angerufen. Das muss ich sagen, schöne Geschichten sind das, schöne Geschichten ...«

»Na, und?«, fragte Herr Behrmann seelenruhig.

»Na, und – der Lehrer Longerich, der alte Herr – Sie kennen ihn ja wohl –, also der hat mal seine Nase ein bisschen genauer als Sie, Sie leichtsinniges Huhn, in die alten Bücher und Urkunden gesteckt ...«

»Hätt er sie gleich drin stecken lassen«, lachte Herr Behrmann gemütlich.

»Machen Sie nicht auch noch Witze! Also das Schuljubiläum ist ja erst am 28. Dezember, und dazu nicht das dreihundertjährige, sondern erst das zweihundertjährige ...«

»Mein Gott, man kann sich auch mal verschreiben!«, brummte Herr Behrmann und er schüttelte den Kopf. »Komisch, komisch«, sagte er so vor sich hin.

»Was ist da komisch?«, brauste der Redakteur auf.

Aber Behrmann gab keine Antwort. Er konnte dem Doktor Schlösser doch nicht gut sagen, dass es wirklich ein komischer Zufall war, so hart an der Wahrheit vorbeizulügen. Denn auch von einem zweihundertjährigen Jubiläum hatte er keine Ahnung gehabt.

»Na, und nun sagte mir der Rektor, ich soll es morgen in die Zeitung setzen lassen. Denn die Jubiläumsfeier findet doch am 17. Dezember statt – am 28. sind ja schon Weihnachtsferien und auf ein paar Tage käm's auch nicht an.«

»Das hab ich ja gleich gedacht«, lachte Behrmann.

Immer mehr rutschte Mala auf seinem Stühlchen heran.

»Ja, und dann: Sie wollen jetzt alle zehn Jahre am letzten Sonntag vor den Weihnachtsferien so eine kleine Schulfeier veranstalten. Alle fünfzig Jahre eine große, und alle hundert Jahre eine ganz große ...«

»Donnerwetter, denken die weit!«, rief Behrmann.

»Ja, es passte ganz gut«, meinte der Rektor, »der 17. Dezember fiele ja dieses Jahr sowieso auf einen Sonntag!«

Bums! Mala war von seinem Stuhl heruntergefallen.

Und Doktor Schlösser wusste gar nicht, weshalb Herr Behrmann auf einmal so furchtbar lachen musste.

Die Detektive

Der 17. Dezember war da. Und es war den Kindern ganz recht, dass sie nicht viel davon merkten. Dass sie gerade sonntags noch zu einer Schulfeier mussten, hatte sie mächtig geärgert. War doch des Sonntags das Eis noch schöner, noch heller schien die Wintersonne und herrlicher als am schönsten Werktag leuchtete der Schnee. Gewiss hatte der Schulrektor das auch eingesehen. Denn schon vor neun Uhr war die Feier aus. Gleich von der Schulmesse her waren die Kinder hinübergelaufen, hatten ihre Gedichte aufgesagt, die Rede vom Herrn Rektor angehört und ihre Lieder gesungen. Nun gingen sie eilig nach Haus, denn sie hatten gewaltigen Kaffeehunger und alle Stuben daheim rochen schon nach Äpfeln, Kuchen, Marzipan und Weihnachtsbaum.

»Au!«, rief Silli auf einmal, »wie kommt denn die Nadel in meine Tasche?«

Sieh da, sogar am Taschentuch steckte sie fest ... Nein, und dies Taschentuch gehörte ja gar nicht ihr. Noch am Morgen hatte die Mutter ihr ein sauberes in die Manteltasche getan. Aber dieses war arg schmutzig, ganz wie Jungentaschentücher ...

»Hat das einer von euch da hineingetan?«, fragte sie die Kameraden, »denn ihr putzt euch mit euren Taschentüchern ja immer die Schlittschuhe ab. Und grade so sieht es aus!«

Silli hielt es an einem Zipfel hin. Aber die Jungen schüttelten die Köpfe.

»Wirf es weg«, sagte Knöres, »wer weiß, was da dran ist.«

Und schon flog das schmutzige Ding im Winde dahin. Aber im gleichen Augenblick rannten ihm alle fünfe nach ... Es war ein Zettel darin! Mit einer Stecknadel daran festgemacht.

›Das Rote U!‹, ging es ihnen allen zugleich durch die Köpfe.

Ein paar Augenblicke später standen sie in einem Hauseingang und Silli las mit flüsternder Stimme den Zettel vor:

Das Rote U hat selber nicht daran gedacht, dass der 17. Dezember ein Sonntag war. Aber das ist egal. Ihr habt wieder einmal gezeigt, was ihr könnt! Jetzt kommt aber eine schwerere Aufgabe: Heute, Punkt elf Uhr, werden drei Verbrecher aus dem Gefängnis entlassen. Ihr sollt sehen, wo sie hingehen! Und schreibt es sofort

An das Rote U. Hier.
Hauptpostlagernd

Und daran erkennt ihr die Verbrecher: Dem einen fehlen zwei Finger an der linken Hand.
Macht eure Sache gut!

         Das Rote U

Sie sahen sich an.

»Das ist eine ganz verdammt große Sache«, meinte Mala und spuckte aus dem Hausgang bis auf den Fahrweg hin.

»Aber dass er sich grad diesmal hinter ein Mädchen steckt, gefällt mir eigentlich nicht an ihm – das ist feig!«, sagte Boddas.

»Das Rote U hält mich wohl für schlauer als euch alle zusammen, das ist doch klar!«, rief Silli schnippisch.

»Gib doch nicht so an!«, knurrte Boddas, »was hast denn du mit den Roten-U-Sachen bisher zu tun gehabt? Genau gar nichts! Alles haben wir Männer fertig gekriegt!«

»So ein Quatsch, jetzt zu streiten«, schimpfte Knöres, »schon neun Uhr ist es durch und beinah eine ganze Stunde haben wir zu laufen bis zum Gefängnis. Wisst ihr überhaupt, wo die Ulmer Höhe ist? Na also! Ich weiß es aber! Jetzt gehen wir Kaffee trinken und Punkt zehn Uhr treffen wir uns an der Normaluhr am Corneliusplatz ... einverstanden?«

Frau Döll schüttelte den Kopf. Sonst saß ihr Junge des Sonntags immer eine geschlagene Stunde am Kaffeetisch, doch heute war er nach fünf Minuten schon fertig gewesen. Und dabei hatte er doppelt so viel Kuchen und Butterbrote gegessen ... ›Nein, dafür kann man schon nicht mehr gut essen sagen‹, dachte sie ... ›doppelt, nein dreimal so viel als sonst in der sechsfachen Zeit. Aber das ist eben dieses ewige Eislaufen!‹, meinte sie. Doch wie sie nun in die Küche kam, da lagen Dölls Schlittschuhe friedlich auf dem Schrank ...

Genauso wunderten sich die anderen Eltern. Überall waren die Schlittschuhe daheim geblieben und seit drei Wochen beinahe waren sie doch nicht mehr kalt geworden. Frau Schlösser hatte es ja schon oft zu ihrem Jungen gesagt: »Ihr lauft ja eure Schlittschuh glühend –«

Indes marschierten die fünf in langer Reihe durch den Hofgarten, dann durch viele hässliche breite Straßen, die nur der Knöres kannte, denn Knöres' alter Onkel wohnte in diesem Viertel, in dem die elektrischen Bahnen den ganzen Tag rasselten, die Autos flitzten, die Menschen hasteten. Arg ungemütlich war es der kleinen Gesellschaft. Alles schien ihnen hier so kalt, so fremd, alles so gleichgültig und gar böse. Und das Rote U bekam dann auch für sie, je näher sie der so genannten Ulmer Höhe kamen, ein ganz anderes Gesicht, ein viel ernsteres und gefährlicheres als in den vertrauten Winkeln der Altstadt.

»Ob wir diesen Mittag überhaupt nach Haus können?«, sagte Boddas, »denn der Himmel weiß, wo die Kerle hingehen. Und vielleicht müssen wir stundenlang vor irgendeiner dreckigen Wirtschaft warten ...«

»Dann lösen wir uns natürlich ab, das ist doch klar« – Silli hatte gleich einen Ausweg gefunden –, »und die anderen gehen dann schnell essen –«

»Ja, meinst du denn, die drei bleiben den ganzen Tag zusammen?«

»Und wir sind zu fünfen, da kann uns keiner durch die Lappen gehen. Und zwei haben doch noch immer Zeit schnell nach Hause zu rennen –«

Die Gegend wurde ihnen mit jedem Schritt fremder. Jetzt mussten sie gar einen Feldweg entlang, über den eisig der Nordwind strich, und sie waren froh, als sie wieder in eine Straße einbogen. Zuerst kamen ja nur hässliche Bauplätze mit Haufen von Schutt und altem Baugerümpel, dann aber fingen die Häuser an, schmutzige, abscheuliche Häuser, und die noch abscheulicheren Stuckverzierungen waren oft schon heruntergebröckelt. Die Kinder wussten gar nicht, dass es solche Straßen in ihrer schönen Stadt gab.

»Ulmenstraße!«, las jetzt Mala auf einem Schild, »ist es hier, Knöres?«

»Ich glaube wohl –«

»Wo sind denn die Ulmen?«, fragte Silli.

»Du bist aber blöd!«, rief Knöres, »sind denn in der Kapuzinergasse vielleicht Kapuziner? Und ist in der Poststraße etwa eine Post? Vielleicht vor tausend Jahren einmal ... Du, Silli, wie spät haben wir?«

Ja, Silli hatte des Sonntags immer ihr Armbanduhrchen an.

»Zwanzig nach acht ... was ist denn damit los?«

»Die Zwiebel geht ja nicht. Damit hat dich deine Tante schön angeschmiert«, lachte Döll, »geradeso gut hätte sie dir eine Kartoffel schenken können!«

Es war das erste Mal, dass sie auf dem langen Wege wieder einmal lachten, und es tat ihnen gut, ohne dass sie es wussten.

Glücklicherweise war an dem Gefängnis eine Uhr ... Es grauste sie, als sie den riesigen schmutzig roten Ziegelbau sahen mit seiner dreifach mannshohen Mauer. Und sie waren froh, dass die Uhr schon fünf

Minuten vor elf zeigte. Sie brauchten also wenigstens nicht lange zu warten.

»Wo wollen wir uns nun aufpflanzen?«, fragte Mala.

Aber da hatte Knöres schon einen langen Eisstreifen am Rande des Gehweges entdeckt, und als die Uhr mit raschen hellen Schlägen elf schlug, waren sie alle zusammen eifrig beim Rutschen. Ein paar Kinder aus der Straße hatten sich auch schon herbeigefunden und so konnten die Kerle, die gleich kommen würden, wirklich keinen Verdacht haben.

Aber es dauerte doch noch fast zehn Minuten, ehe das kleine eiserne Pförtchen neben dem Haupttor sich öffnete und hintereinander drei junge Kerle von etwa zweiundzwanzig oder dreiundzwanzig Jahren herauskamen.

»Das sind sie!«, sagte Silli sofort, »wir brauchen gar nicht erst nach der kaputten linken Hand zu suchen ... Holla, pass auf, Döll, sonst renn ich dich um –«

Sie flog hinter dem Jungen dahin über die blanke Bahn und nun lief sie noch ihre paar Schrittchen über das Ende weiter, drehte sich um und rief laut: »Jetzt müssen wir nach Haus. Um zwölf Uhr wird gegessen, das wisst ihr doch!«

Die drei gingen eben an ihnen vorüber und sahen überhaupt nicht hin. Erst als sie ein gutes Stück weiter waren, machten sich die Spione des Roten U hinter ihnen her auf den Weg, aber vorher besprachen sie noch schnell, dass sie so tun wollten, als gehörten sie nicht alle zusammen; und Mala und Boddas schlenderten nun ein wenig hinter den anderen und auf der gegenüberliegenden Straßenseite.

Doch all diese Vorsicht war nicht nötig – die drei Burschen schauten sich gar nicht um, geradewegs gingen sie, fast dieselben Straßen, die der kleine Klub vom Roten U eben gekommen war, der Altstadt zu. Und bald, als sie in das Menschengetriebe der großen Straßen kamen, waren die Verfolger dicht hinter ihnen. Sonst hätte es leicht geschehen können, dass sie die Kerle aus den Augen verloren.

»Ob das die sind, die den Richter Bernhard kaltmachen wollten?«, flüsterte Mala. »Sperr doch mal deine Ohren auf, Silli, denn du hörst doch sonst die Fliegen an der Wand krabbeln –«

Aber die Straße war zu laut, auf und ab rasselten die Straßenbahnen mit einem oder gar zwei Anhängern vorbei, unzählige Autos mit puckernden Motoren jagten vorüber, und kaum dass die drei Kerle mit den Verfolgern hinter ihnen in eine stillere Straße der Altstadt eingebogen waren, verschwanden sie auch schon in der Wirtschaft »Zum Bären«.

»Na, da hätten wir sie mal glücklich!«, sagte Boddas, »und sicher bleiben sie eine gute Weile hocken ... Drei von uns können also nach Haus rennen und essen. Wer hat den größten Hunger?«

Aber keiner wollte gehen. Schrecklich, wenn die Verbrecher inzwischen herausgekommen wären! Und jeder wollte doch selber gern der Detektiv sein, der sie verfolgte!

»Macht keinen langen Quatsch«, sagte Silli endlich, »essen müssen wir doch, schon dass sie zu Haus keine Angst kriegen. Ich und mein Bruder, wir gehen zuerst, und Döll auch – der wohnt ja gleich hier um die Ecke.«

»Natürlich«, brummte Knöres, »und wenn der Mala und ich nachher gerade beim Essen sind, dann seid ihr fein heraus und könnt sie allein verfolgen!«

Aber Silli kümmerte sich gar nicht um ihn. Wenn sie einmal etwas gesagt hatte, blieb es auch dabei.

»Komm, Döll!«, sagte sie und griff den großen Mühlenjungen am Arm.

»Ein freches Aas!«, knurrte Mala, als sie weg waren. »Na, wir rächen uns! Das kann ich dir sagen!«

»Sollen wir mal sehen, was die da drinnen anfangen?«, fragte Knöres und zwinkerte mit den schlauen Augen.

»Ja, fein!«, rief Mala, »hast du Geld bei dir?«

Sie suchten in ihren Taschen und jeder nahm sich einen Groschen, für den er sich drinnen Schokolade kaufen wollte.

»Aber mach es nicht zu auffällig!«, sagte Knöres noch. »Nicht dass du sie dir besiehst, als wolltest du ihnen einen Anzug machen –«

»Keine Angst, Kleiner!«

Aber als sie drinnen an der Schenke standen, den Groschen in der Faust, puffte Knöres den Mala verstohlen in die Seite. Gerade neben ihm lehnte einer von den dreien über dem Schanktisch, und als der Mann nun sein Glas Bier hob, sahen's die Jungen: Es fehlten ihm an der linken Hand der kleine und der vierte Finger ... Ein Glück war es, dass der Kerl nicht merkte, wie sie ihn anstarrten. Aber nun fragte auch schon der Wirt: »Na, und ihr zwei da?«

»Eine Tafel Schokolade für 'n Groschen.«

»Mir auch eine!«, sagte Knöres.

Aber erst kramte der Wirt noch in seiner Ladenkasse herum: »Tut mir Leid«, sagte er dann zu dem Mann mit der verstümmelten Hand, »Briefmarken hab ich keine –«

»Na, dann nicht«, brummte der Fremde, »dann müssen wir noch zur Post gehen.«

»Ich kann Ihnen ja eine am Automaten ziehen!«, rief Knöres auf einmal.

Der Kerl lachte böse: »Das könnte dir so passen, du Bengel, da kämst du mal leicht zu einem Groschen! Durchbrennen tätst du damit. Hahaha, ich hätt es ja als Junge auch nicht anders gemacht ...«

›Als Junge?‹, dachte Knöres, ›so machst du's ja heute noch ...‹ Aber er grinste nur freundlich und sagte: »Ich habe selber noch einen Groschen! Was krieg ich, wenn ich Ihnen die Freimarke hole?«

»Eine Zehner brauch ich. Dann geb ich dir nachher einen Groschen extra.«

»Schön, Herr, machen wir. In zehn Minuten bin ich wieder da.«

Dann nahmen die Jungen ihre Schokolade und stürmten hinaus.

»Das hast du verflucht fein gemacht, Knöres«, sagte Mala, »vielleicht hören wir nachher was. Ob sie uns zu einem Glas Bier einladen?«

»Das wäre famos! Dann tun wir so, als wenn wir tränken, und schütten es heimlich unter den Tisch. Und dann spielen wir die Besoffenen und die Kerle meinen, wir wären am Schlafen, und dann fangen sie an zu quatschen.«

Knöres blieb auf einmal stehen.

»Du willst doch nicht etwa mitgehen an die Post?«, fragte er.

»Natürlich – denn in der Zeit gehen sie bestimmt nicht fort! Die warten doch auf die Briefmarke.«

»Den Brief hast du deshalb aber noch lange nicht!«, rief Knöres, »wenn sie nun die Marke inzwischen anderswo auftreiben? Es sind doch genug Leute in der Wirtschaft! Oder sie wollen uns bloß weghaben – vielleicht haben sie was gemerkt –, das kann man alles nicht wissen ... Übrigens gehe ich gar nicht an die Post. Ich laufe nur um die Ecke zu Dölls, die haben immer Marken, und vielleicht nimmt Frau Döll den Groschen von mir gar nicht an und dann hab ich zehn Pfennig verdient ... Also warte nur schön, bis ich wiederkomme!«

Und weg war er. Mala wurde die Zeit doch lang, bis er zurückkam; dann gingen sie wieder zusammen in die Wirtschaft. Aber der Kerl stand jetzt nicht mehr an der Schenke und die Jungen mussten eine ganze Weile suchen, bis sie ihre Leute endlich in der hintersten Ecke fanden. Da saßen sie an einem Tisch für sich und eben brachte ihnen der Kellner das Essen. Feines Essen, stellten die Jungen sofort fest, denn vor jeden wurde eine mächtige Kalbshaxe hingestellt mit Erbsen, Kartoffeln und Kompott. Das Wasser lief den hungrigen Jungen im Munde zusammen ... Mussten diese Kerle ein Geld haben!

Zwei von ihnen zogen nun auch gleich die Schüsseln zu sich heran, der Dritte aber, der mit den fehlenden Fingern, saß über einen Briefbogen gebeugt, den hatte er mit einem kleinen Bleistiftstümpfchen schon beinahe voll geschrieben. Die Jungen hätten beinahe laut gelacht. Buchstaben malte der, Buchstaben! Es sah aus, als wären Hühner oder Enten über das Papier gelaufen. So etwas hätten einmal sie in der Schule machen sollen! Der Lehrer hätte ihnen was erzählt!

»Hier ist die Briefmarke«, sagte Knöres jetzt.

»Her damit«, rief der Briefschreiber, »und damit du siehst, dass wir ehrliche Leute sind, hier hast du zwei Groschen –«

›Hat sich was mit ehrlich!‹, dachten die Jungen und schon wollten sie wieder gehen, zwischen ein paar Tischen waren sie schon durch, da rief der Kerl noch einmal: »He, ihr zwei, kommt noch mal her! Ihr könnt euch noch einen Groschen verdienen. Wartet einen Augenblick, ich bin jetzt fertig. So –«

Er steckte den Brief in einen Umschlag und klebte ihn zu. Die Adresse hatte er schon geschrieben.

»Den steckt ihr mir in den Briefkasten, aber gleich in den nächsten, sonst vergesst ihr es noch ... Und dann kommt ihr noch mal herein und sagt, ob es auch richtig besorgt ist.«

»Aber den Groschen wollen wir gleich jetzt haben!«, sagte Mala, »eben haben Sie uns nicht getraut und nun trauen wir Ihnen nicht. So ist das!«

Die Kerle lachten alle drei.

»Das geschieht dir gerade recht«, rief der eine von ihnen dem Briefschreiber zu, »da, Jungens, habt ihr von mir auch einen Groschen!«

Und strahlend zogen sie mit dem Brief und zwei Groschen in der Tasche ab. Und außerdem hatte Frau Döll dem Knöres die Freimarke geschenkt.

Als sie auf die Straße kamen, waren Boddas und Silli schon wieder da.

»Ich dachte schon, sie wären fort«, flüsterte Silli, »und ihr hinterher ... Was habt ihr da drin gemacht?«

»Detektivarbeit«, sagte Knöres wichtig, »und auf die Idee bin ich gekommen. Und vier Groschen verdient –«

»Schnell, raus mit dem Brief!«, drängte Mala, »wir müssen doch verflucht wissen, was drinsteht! Und jetzt ist der Leim noch nass und wir kriegen ihn vielleicht noch auf ...«

Boddas und Silli machten große Augen und Silli sagte schließlich: »Das hätt ich von euch denn doch nicht gedacht. Ihr seid wirklich nicht so dumm, wie ihr ausseht!«

Gleich neben der Wirtschaft war ein Haus mit einem großen Torweg und das Tor war immer offen. Das wussten sie natürlich. Und im nächsten Augenblick waren sie dahinter verschwunden.

»Gib mal her den Brief«, sagte Silli, »ihr habt alle so ungeschickte Finger ...«

Ja, es dauerte zwar lange, aber es ging noch, und nun hielt Silli den kleinen schmierigen Bogen in der Hand, der war noch ganz voll Bierflecken, und leise las sie vor:

»Lieber Aujust!
Indem das wir wissen, das du des sonntag immer nicht dabist, und kellnern gest, schreiben wir dir und es bleibt dabei wie wir uns Ausgemacht haben. Denn

heute sind wir aus dem Knast gekommen, und du sollst morgen wenn es dunkel ist mit dem Faltboot da sein, du weist ja wo, du kannst noch immer rein. Das Eis am Rhein macht ja nicht viel. Köbes und Peter grüßen auch.

Dein dich libender Bätes«

»Was soll das nun wieder heißen?«, meinte Boddas. Aber alle zuckten sie die Achseln.

»Fehler sind ja genug drin!«, sagte Silli, »aber damit kann man nichts anfangen. Was wollen die Kerle denn mit dem Faltboot machen? Das versteh ich nicht. Vielleicht ist es ganz harmlos?«

»Wisst ihr was?«, zischelte Knöres, »wir schicken den Brief einfach dem Roten U, wenn wir ihm heute Abend schreiben. Das Rote U wird schon wissen, wo der Hund begraben ist!«

»Du bist wohl nicht ganz gescheit?«, rief Silli, »den Brief müssen wir richtig abschicken! Sonst merken die Kerle doch gleich, dass wer hinter ihnen her ist. Nein, dieser August muss den Brief auch bekommen!«

»Dann schreiben wir ihn schnell ab«, riet Boddas, »das ist ja geradeso gut! Hat einer Bleistift und Papier?«

Nein – sie hatten ja ihre Sonntagsanzüge an. In den Werktagshosen allerdings, da war immer alles drin, Bleistift, Kordel, Nagel, Messer, Streichhölzer, Knetgummi, Süßholz und Bonbons. Aber heute hatten sie nicht einmal ihre Taschenlampen eingesteckt.

»Also los, Knöres, zu Dölls!«, kommandierte Silli.

In ein paar Minuten schon kam Knöres zurück und den Döll brachte er gleich mit. Dann hielt Mala das

Papier gegen die Innenseite des Tores und Silli diktierte ihm.

»Lieber Aujust! Aujust mit j ... In dem das ... das mit einfachem ... die Fehler müssen wir natürlich mitschreiben ...«

Rasch waren sie fertig, dann steckten sie den richtigen Brief wieder in den Umschlag, klebten ihn zu und schon wollte Knöres damit weg, da rief ihm Boddas noch nach: »Halt! Die Hauptsache haben wir ja vergessen! Die Adresse!«

Und sie notierten:

»Herrn Aujust Liebenbein, Gerresheimstraße 307, 3. Stock links.«

Jetzt erst konnten Knöres und Mala den Brief wegtragen, aber als sie dann in die Wirtschaft zurückkamen und ausrichteten, dass sie die Sache richtig erledigt hätten, hörten die drei Kerle kaum hin, so eifrig tuschelten sie miteinander. Die Jungen trotteten also zwischen den Tischen zurück. Aber sie waren noch nicht an der Tür, da kam ihnen schon der eine, der mit den fehlenden Fingern, nach und hielt sie an.

»Hört mal, Jungens, ihr seid doch sicher in der Schule an der Zitadellstraße ... Na also ... Da war ich nämlich auch mal drin ... Lebt eigentlich der alte Lehrer Longerich noch? Wir haben gerade davon gesprochen und wollten das mal gern wissen – «

»Ja, der lebt noch«, sagte Mala und schaute den Fremden ganz erstaunt an.

Was wollte der mit dem Lehrer Longerich? Vielleicht den auch kaltmachen? Aber da würden sie wohl schlecht ankommen. Denn gestern war der alte Mann auf der glatten Straße gefallen, und so unglücklich, dass er das Bein gebrochen hatte. Jetzt lag er im Krankenhaus. Und Mala erzählte das auch dem Kerl.

»Das tut mir aber Leid«, sagte der, »aber dann habt ihr jetzt sicher oft eine Stunde frei?«

»Nein, wir haben den Lehrer Longerich gar nicht.«

»Müsst ihr denn jeden Nachmittag in die Schule?«

»Nein, nicht immer, nur montags, dienstags und donnerstags.«

»Na, dann grüßt den Lehrer Longerich auch schön, wenn er wiederkommt. Sagt nur: vom Köbes, dann weiß er schon Bescheid.«

Als sie den Kameraden von dieser dummen Fragerei erzählten, schüttelten sie den Kopf. Sie begriffen die Kerle immer weniger und schließlich sagte Mala: »Das müssen wir natürlich auch dem Roten U schreiben.«

Ja gewiss, das sahen sie ein, vielleicht war es sehr wichtig! Man konnte nicht wissen!

Aber als sie nun langsam vor der Wirtschaft auf und ab gingen, meinte Silli: »Nur eins ist dumm dabei! Jetzt können Knöres und Mala nachher nicht mit, wenn wir die Kerle verfolgen. Weil sie euch ja kennen ...«

»Ach was«, sagte Knöres, »nachher ist es dunkel ... es geht ja jetzt schon auf zwei Uhr zu. Und wir wollen uns schon im Hintergrund halten! Die merken nichts ...«

Aber den jungen Aufpassern wurde die Zeit doch lang. Die drei kamen und kamen nicht aus der Wirtschaft und es war, als schlügen die Viertelstunden an der Kirchenuhr in immer längeren Zwischenräumen. Und allmählich fing es auch zu dämmern an. Immer mehr spürten die Leute vom Roten U einen tüchtigen Kaffeehunger. Aber das half nichts. Das Abendessen sollte dann umso besser schmecken.

Endlich schlug die Uhr Viertel vor fünf. Es war schon ganz dunkel. Mit Nachlaufen hatten die Aufpasser sich manchmal die Zeit vertrieben, die Zeit und die bittere Kälte ... Jetzt aber, als sie wohl zum hundertsten Male die Türe der Wirtschaft aufgehen sahen, jetzt waren's endlich die drei ...

»Hoffentlich laufen sie nicht zu weit!«, flüsterte Döll, »es wäre wirklich nicht nett von ihnen, wenn sie uns durch die halbe Stadt schleppten – «

»Und in ganz fremde Stadtteile – «, fügte Silli hinzu.

Aber nein, jetzt sahen sie die Kerle schon links um die Ecke biegen, tiefer in die Altstadt hinein. Und ganz nüchtern waren sie auch nicht mehr, das sah man an ihrem Gang.

Die Spione, die nun wieder zu zweien und dreien gingen, blieben immer hinter ihnen, immer so weit, dass die Verfolgten sie nicht hören und nicht sehen konnten. Auf einmal schauten sie sich alle an ...

»Merkt ihr was?«, sagte Boddas.

»Ja, sie gehen zur Villa Jück ...«

»Jedenfalls in diese Gegend. Aber gleich werden wir es ja wissen.«

Noch eine Ecke ... da, nun waren sie an ihrer alten Kirche und hinter den Säulen des Eingangs versteckt spähten sie den Verbrechern nach. Die gingen jetzt wirklich das enge Gässchen zum Rhein hinab, wo das öde Haus stand, dasselbe Haus, in dem sie damals verhaftet worden waren.

Und richtig, nun hielten sie an und im nächsten Augenblick waren sie verschwunden ...

»Aha«, sagte Knöres, »jetzt sind sie durch das Tor nebenan gegangen, wo die Schreinerei ist.«

»Ob sie drin bleiben?«

Sie liefen eilig die menschenleere Straße hinab und schauten vorsichtig um die Ecke. Es war so dunkel, dass sie gewiss nichts hätten sehen können, wenn nicht der helle Schnee gewesen wäre. Denn keine Laterne brannte in dem Gässchen und finster lag das alte Haus da, nur über sein Dach schien der bleiche Mond. Aber auch der verschwand immer wieder hinter dicken Wolken und bald war denn auch der ganze Himmel bedeckt.

Da, jetzt kamen sie wieder heraus ...

»Sie haben nachgesehen«, erklärte Knöres sofort, »ob das Loch an der Schuppenmauer noch da ist.«

Und gerade wollten die fünfe ihnen nachschleichen, da blieben sie wie angewurzelt stehen: Einer von den Kerlen hatte gerade gegenüber von der Villa Jück an einem Hause geklingelt. Sie hörten die altmodische Schelle deutlich über die Straße durch die kalte Winterluft tönen. Und nun wurde an dem Hause ein Fenster aufgemacht.

»Wer ist da?«, rief die Stimme einer Frau hinab.

»Wir!«, rief der Kerl zurück, »können wir vielleicht für eine Woche bei Ihnen Zimmer haben? Wir sind zu dreien – bezahlen tun wir im Voraus.«

»Is gut«, sagte die Frau, »ich komm schon und mach auf.«

Dann wurde das Fenster zugeklirrt und bald rasselte ein Schlüssel in der Haustür.

Die drei gingen hinein.

Die Leute vom Roten U atmeten auf.

»Erledigt!«, rief Silli.

Denn das Haus kannten sie gut. Fast alle Tage kamen sie ja daran vorbei. Sie wussten, darin wohnte die alte Frau Schmitz, die aussah wie eine böse Hexe, und die Frau Schmitz vermietete Zimmer. Immer hing ein schmutziges Schild am Fenster und darauf stand:

LOGIS
Zimmer für Tage und Wochen

Also dort wollten die Verbrecher wohnen. Nun, da gehörten sie auch hin. Die Kinder wussten keinen, der besser zu ihnen gepasst hätte als die schlampige Frau. Alle Schulkinder machten einen Bogen um sie. Denn sie roch immer furchtbar nach Knoblauch.

Schon ein paar Minuten später saßen sie auf Dölls kleinem Zimmer und nun schrieben sie den Brief an das Rote U zuerst einmal mit Bleistift vor. Immer wusste der eine noch bessere Sätze als der andere.

Schreiben musste natürlich Mala, denn Malas Vater war Redakteur.

Und so war der Brief, den sie dann sofort in den Kasten steckten:

Hochgeehrtes Rotes U!
Wir wollen Ihnen schreiben. Denn wir haben es richtig fertig gekriegt. Es hat sehr viele Mühe gekostet, das können Sie sich denken. Aber, geehrtes Rotes U, wir sind für Sie gerade die Richtigen. Die drei Kerle wohnen nämlich bei der Frau Schmitz im Fährgässchen. Die Kerle haben den Knöres gefragt, ob der Lehrer Longerich noch lebt. Schicken Sie zu der Frau Schmitz mal die Polizei. Die mögen wir alle nicht leiden. Sie stinkt nach Knoblauch. Wir haben auch einen Brief von den Verbrechern. Den sollten wir in den Kasten schmeißen. Aber den haben wir aufgebrochen. Und haben ihn abgeschrieben. Und dann haben wir ihn doch in den Kasten geschmissen. Denn der Aujust hätte das gemerkt. Können Sie was mit ihm anfangen? Wir nicht. Wir tun ihn in diesen Brief.
      Mit herzlichen Grüßen ...

Und dann unterschrieben sie alle: Silli, Boddas, Mala, Knöres und Döll.

 Nie aber hat ihnen der Kaffee so gut geschmeckt wie an diesem späten Nachmittag.

Ein Junge ist verschwunden

Am Montag konnten Mala und Boddas kaum das Ende der Zehnuhrpause erwarten. Denn gewiss würde das Rote U wieder seinen Zettel in ihr Buch gelegt haben. Am Sonntag hatten sie doch viel mehr geleistet, als ihr unsichtbarer Hauptmann von ihnen verlangte, und wenn er ein anständiger Kerl war, dann musste er ihnen auch ein ganz gehöriges Lob geben. Außerdem aber erwarteten sie neue Befehle für den Montag. Oder würde das Rote U alles andere allein erledigen?

Aber so sehr sie auch blätterten – sie fanden nichts. Doch konnten ja auch die anderen heut einmal den Zettel bekommen haben. Die zwei Stunden bis zwölf Uhr wurden ihnen entsetzlich lang. Endlich, endlich klingelte es doch und wie die Wilden rannten sie hinab auf die Straße.

»Habt ihr was gefunden?«, fragte Knöres sofort.

Und bei ihm standen Silli und Döll und schauten sie mit großen erwartungsvollen Augen an. Da wussten sie es: Das Rote U hatte heut nicht geschrieben. Vielleicht hatte es sich ihren Brief von der Post noch nicht abgeholt?

Nun, heute Nachmittag würden sie es ja sehen.

Und sie freuten sich zum ersten Mal, dass sie des Nachmittags in die Schule mussten.

Aber auch jetzt fanden sie nichts. Was half es ihnen,

dass sie auf dem Nachhauseweg alle Taschen umkehrten in Rock, Hose und Mantel? Sogar in ihrer Kapuze schaute Silli nach ...

Was mochte mit dem Roten U geschehen sein? Sie rieten hin und her, aber sie konnten sich nichts denken. Silli meinte sogar, sie sollten einmal an der Post fragen, ob der Brief noch da läge. Aber das ging doch nicht. Was würde der Schaltermann von ihnen denken? Vielleicht ließe er sie glatt verhaften.

Aber wie sie daheim ankamen, hofften sie schon allesamt wieder auf morgen.

Als sie am Dienstag aufstanden, war in der Nacht neuer Schnee gefallen. Und noch immer schneite es in dicken Flocken. Da vergaßen sie fast das Rote U und sie dachten nur noch daran, dass in wenigen Tagen Weihnachten wäre.

Schon lange hatte es zur ersten Stunde geschellt, aber der Lehrer war noch immer nicht in der Klasse. Eine Viertelstunde verging, noch eine, und die Kinder machten einen Lärm wie eine ganze Bande Menschenfresser. Auf einmal wurde die Tür aufgerissen und der Lehrer stand darin.

»Ruhe!«, befahl er.

Du lieber Himmel – der Rektor war ja bei dem Lehrer und in der Klasse war es auf einmal so still wie in einem Grabe ... Da – sie spürten plötzlich ihr Herz kaum noch – neben dem Rektor ging noch einer ... Oh, sie kannten ihn alle – das war der Mann, den sie am meisten in der ganzen Welt und in Himmel und Hölle fürchteten – das war der Kommissar Rademacher ...

Eine ganze Menge von Kindern war bleich geworden. Sie erinnerten sich plötzlich an all ihre Untaten aus dem letzten halben Jahr: Äpfel gemopst, Laternen ausgeworfen, aufs Eis gegangen, wie's noch verboten war, auf treibende Eisschollen gesprungen, dem Wachtmeister Zirkenfeld die Zunge herausgestreckt ... Mit einem Schlage war ihre ganze Weihnachtsfreude dahin.

Da, nun ging's auch schon los. Der Kommissar mit dem Rektor und dem Lehrer kam in die Klasse. Sie hatten furchtbar ernste Gesichter. Die Kinder meinten, sie hörten Ketten in der Tasche des Kommissars rasseln ... Wen würde er alles gefesselt abführen nachher? Mit weit aufgerissenen Augen starrten die Kinder hin ... Und nun fing der Rektor zu sprechen an.

»Jungen«, sagte er, »es ist ein schreckliches Unglück passiert. Gestern Nachmittag nach der Schule ist der kleine Bernhard nicht mehr nach Hause gekommen. Die armen Eltern haben gewartet ... eine Stunde lang, und dann haben sie mit mir telefoniert. Und ich bin gleich zu eurem Lehrer gelaufen. Ich habe gedacht, vielleicht hat der Junge Nachsitzen. Aber nein, er war wie ihr alle um vier Uhr gegangen, als es gerade dunkel wurde. Und dann haben wir die Polizei alarmiert –«

Den Kindern lief es kalt über den Rücken, wie sie das fremde, aufregende Wort »alarmieren« hörten.

»Und nun bin ich selber mitgekommen«, fing der Herr Rademacher, der Kommissar, an, »und muss jetzt fragen, vielleicht wissen die Jungen was. Sagt mal, wer von euch ist gestern Nachmittag mit dem kleinen Bernhard gegangen?«

»Ich, ich!«, meldeten sich gleich zwei Kinder.

»Rauskommen – wie heißt ihr?«

»Das ist der Fritz Weber und der Peter Kuhlenbeck«, sagte der Lehrer.

Der Kommissar nahm sein Notizbuch.

»Mal aufschreiben –«

Er notierte die Namen.

»Wo wohnt ihr?«

Die beiden stotterten es heraus – der eine wohnte am Wallgraben, der andere in der Burgstraße.

»Sehen Sie, Herr Kommissar«, sagte der Lehrer, »die beiden hatten also mit dem kleinen Bernhard ein Stück Weg gemeinsam.«

»Wie weit seid ihr also mitgegangen?«, fragte der Kommissar.

»Bis an unsere Haustür«, sagte Peter.

»Ich auch bis an unsere Haustür«, rief Fritz.

»Und von da aus hatte der Bernhard also noch ungefähr so zehn Minuten. Habt ihr denn gar nichts Verdächtiges gesehen? Sind Leute hinter euch hergegangen?«

Die Kinder schüttelten die Köpfe. Nein, nichts, gar nichts war ihnen aufgefallen. Sie hatten auch auf die Leute gar nicht geachtet. Denn sie hatten von Weihnachten gesprochen. Und der blasse Junge hatte noch erzählt, er hätte sich eine Indianerausrüstung gewünscht, aber wenn er sie kriegte, dann spielte er doch nur zu Hause damit, weil ihn sonst sicher alle auslachten. Und da hatten sie ihn noch gefragt, ob sie dann nicht einmal zu ihm kommen dürften. Sie lachten ihn nicht aus, nein, sie nicht. Ja, und dann hatten sie ihn noch gefragt, warum ihn denn heute seine Mutter nicht abgeholt hätte ... Die müsste jetzt immer dem Christkind helfen, hatte er gesagt, und dann hatte er ihnen noch versprochen, dass sie kommen dürften, und nun war der Peter gegangen und nach einer Minute auch der Fritz –

Der Kommissar klappte sein Notizbuch zu.

»Also wieder mal nichts«, sagte er. »Wohnen noch mehr Kinder Ihrer Schule da in der Gegend?«, fragte er den Rektor.

»Da müssen wir schon in den einzelnen Klassen nachforschen«, meinte der, »auswendig weiß ich das nicht –«

»Na, dann los – vielleicht hat ihn doch später noch einer gesehen.«

Sie gingen wieder, alle drei. Und in der Klasse fing zuerst da und dort ein Flüstern an, dann ein Summen, und nun war's ein aufgeregtes Geschrei, das wie ein Brand über die Bänke flatterte.

Nur Boddas und Mala waren still. Und endlich schaute einer den anderen an.

»Was meinst du – ob wir es hätten sagen müssen?«, fragte Boddas.

»Was? Das mit den drei Kerlen?«

»Ja, sicher. Das Rote U hat Bescheid gewusst. Da kannst du Gift drauf nehmen –«

»Wir wissen ja überhaupt nicht, ob sie es waren!«, flüsterte Mala. »Es kommen doch jeden Tag Kerle aus dem Gefängnis.«

»Und wir, wir kommen hinein, wenn wir die Geschichte mit dem Roten U erzählen; wir können doch nicht einfach sagen, da bei der Frau Schmitz sind am Sonntag drei Kerle eingezogen, die sind grad von der Ulmer Höh gekommen und die haben es gemacht ... Dann wollen sie doch auch wissen, woher wir das haben und warum wir denen so nachspioniert haben ... Nein, das geht nicht. Hoffentlich schwätzen die anderen nichts heraus.«

Aber niemand hatte auch nur ein Wort gesagt. Zwar erzählte Silli in der Zehnuhrpause, sie hätte sich beinahe die Zunge abgebissen ...

»Ich habe so im Gefühl, dass da was nicht stimmt«, meinte sie.

»Und das mit dem Faltboot, das der August aus der Gerresheimer Straße besorgen sollte«, sagte Döll, »wer weiß, vielleicht haben sie den Ühl den Rhein herunter nach Holland gefahren und verkaufen ihn als Sklaven —«

»Den Rhein herunter! Du bist ja verrückt!«, rief Knöres, »bei dem Eisgang ... die Fähre nach Oberkassel geht ja schon vierzehn Tage nicht mehr. Nein, damit hat das Faltboot bestimmt nichts zu tun und auch unsere Verbrecher nicht ... Was sollen die mit dem armseligen Ühl anfangen? Sie können ihn doch nicht fressen!«

Silli schüttelte sich vor Grausen.

»Vielleicht haben sie ihn umgebracht um sich an dem Landrichter Bernhard zu rächen.«

Als Silli das sagte, war es ihnen, als hätten sie einen elektrischen Schlag bekommen. Ja, sie musste Recht haben. Das war es. Oder doch nicht?

»Ausgeschlossen, Silli«, sagte Boddas, »meinst du

vielleicht, das Rote U hätte das dann nicht gewusst? Bestimmt hätt es geschrieben, wir sollten auf den kleinen Bernhard aufpassen.«

»Vielleicht finden wir nach der Pause doch wieder einen Zettel?«

Ja, daran hatten sie gar nicht mehr gedacht. Und sie atmeten ein wenig auf. Jetzt konnte ja noch alles gut werden. Bestimmt würde gleich der Zettel da sein und das Rote U würde sie auf die Spur der Verbrecher setzen. Und dann brauchten Bernhards sich nicht mehr zu sorgen. Die Leute vom Roten U würden die Sache schon machen!

Aber kein Zettel war da. Noch genauer als gestern suchten die fünfe. Jede Seite in ihren Büchern blätterten sie um. Hinter die Umschläge schauten sie, aber nichts, nichts!

Sie waren wie vor den Kopf geschlagen, als sie heimgingen. Und auch zu Hause erfuhren sie nichts Neues. Nur Malas Vater, der Redakteur, konnte einiges erzählen und so kam es, dass Mala an diesem Tage sein Kompott stehen ließ und spornstreichs hinausrannte zu den Kameraden. Die warteten schon an der Kirche auf ihn.

»Die drei Kerle bei der Frau Schmitz sind schon verhaftet worden!«, rief er ihnen entgegen.

»Woher weißt du das?«, fragten alle wie aus einem Munde.

»Natürlich von meinem Vater. Heute Mittag um elf Uhr schon – alle drei, es sind wirklich die gewesen, die gesagt hatten, sie wollen den Landrichter kaltmachen ...«

»Woher wusste denn die Polizei, wo sie wohnten?«

»Na, ihr seid mir aber schöne Esel!«, rief Mala, »das ist doch klar: vom Roten U!«

»Hat das dein Vater gesagt?«

»Nein, aber das kann man sich denken. Man ist doch nicht auf den Kopf gefallen! Nur hätten die Kerle mit der ganzen Sache nichts zu tun, sie würden sicher heut schon wieder entlassen. Mein Vater wusste das schon.«

»Na, die würde ich aber festhalten, wenn ich der Rademacher wäre!«, sagte Döll. »Die setzt ich so lange auf einen glühenden Herd, bis ich alles raus hätte, das tät ich ...«

»Und ich würd ihnen Stückchen für Stückchen die Ohren abschneiden und dann die Nasen und dann die Finger ... Dann täten sie schon den Mund auf!«, knurrte Boddas grimmig.

»Skalpieren, das wäre auch Sache«, meinte Knöres.

Aber Silli schüttelte ärgerlich das blonde Köpfchen.

»Das ist ja alles Unsinn«, sagte sie, »was stehen wir überhaupt hier so dämlich herum? Ich meine, wir könnten auch was tun! Irgendwas! Man fliegt ja in die Luft!«

»Wenn nur das Rote U uns schreiben wollte!«, seufzte Döll.

»Ach was, jetzt sind wir eben selber das Rote U!«, rief Silli und sie trat mit dem Fuß auf. »Der arme Kerl muss gefunden werden, muss!«

Ja, bisher hatten sie ihn kaum beachtet und nun drehte sich auf einmal die ganze Welt um ihn. Und jeder von den Jungen spürte plötzlich sein schlechtes Gewissen. Hätten sie ihn doch wenigstens öfter einmal mitspielen lassen, ihm ab und zu einmal ein gutes Wort gesagt. Aber nein, gestoßen hatten sie ihn, ausgelacht, verspottet ... oh, das spürten sie jetzt bitter. Wie wollten sie zu ihm sein, wenn er wiederkäme! Jeden Tag dürfte er mitspielen und niemals mehr würden sie ihn auf der Treppe oder in den Gängen umrennen, und wenn die Mutter ihn nicht abholte, dann würden ihn jedes Mal die Leute vom Roten U selber nach Hause bringen.

Aber vielleicht war es nun zu spät, für immer zu spät ... Langsam gingen sie durch das Fährgässchen, tappten durch den tiefen Schnee. Der war um Mittag noch beiseite gekehrt worden und nun ging er ihnen schon wieder fast bis über die Schuhe. Dabei schneite es noch immer und die Luft war so still – sie konnten das knirschende Geschiebe der Eisschollen vom Rhein her hören.

Nun kamen sie an dem hässlichen und schmutzigen Logishause vorbei. Aber nichts regte sich drinnen, böse und stumpf schauten die halb blinden Fenster.

Es fiel ihnen gar nicht ein, dass sie ja diesen Nachmittag in die Schule mussten. Erst als es zu spät war, dachten sie daran. Und Boddas sagte gleich: »Morgen schwänzen wir auch. Und übermorgen kriegen wir ja sowieso Ferien ... Was meint ihr – sollen wir hier an dem Haus noch aufpassen?«

»Silli, was denkst du?«, fragte Mala.

»Ja gewiss«, sagte das Mädchen, »aber sie werden wohl jetzt noch nicht zurück sein. Vielleicht werden sie von der Polizei erst heute Abend entlassen oder morgen früh. Aufpassen müssen wir natürlich schon.

Und wenn sie kommen, dann sind wir immer hinter ihnen her. Es bleiben also drei von uns jetzt hier, die anderen zwei gehen sofort an die Post und fragen nach dem Brief für das Rote U. Wir müssen endlich wissen, ob es ihn abgeholt hat oder nicht.«

»Du tust ja grad, als hättest du jetzt über uns das Kommando!«, rief Boddas.

Das Mädchen nickte:

»Das hab ich auch! Ihr wisst ja alle keinen Rat, und weil ich einen weiß, darum hab ich jetzt auch zu kommandieren! Also los, Mala, du bist der Größte, und weil dein Vater Redakteur ist, verstehst du auch was von schriftlichen Sachen und so. Mein Bruder geht mit dir, die anderen bleiben bei mir. Wir treffen uns nachher hier in der Gegend. Ihr seht uns schon oder wir sehen euch. Und wenn ihr dann einen neuen Rat wisst, könnt ja meinetwegen ihr wieder kommandieren –«

Es war ein weiter Weg zum Hauptpostamt. Das lag am Bahnhof und sie mussten ein großes Stück durch die Stadt. Aber je näher die beiden Jungen ihrem Ziel kamen, desto langsamer gingen sie. Keiner wollte es dem anderen sagen – aber sie hatten beide eine Heidenangst. Und erst als sie in das Postgebäude gingen! Aber nun atmeten sie auf.

Von 13–15 Uhr geschlossen

stand da auf einem Plakat.

Sie hatten also noch eine halbe Stunde Zeit. Erst in einer halben Stunde würden sie vor dem schrecklichen Schalter stehen und fragen: »Haben Sie keinen Brief für das Rote U?« – Ja, und dann würde der Schaltermann sie von unten herauf schrecklich ansehen und sicher sofort den Telefonhörer aufnehmen und hineinrufen: »Herr Rademacher, kommen Sie doch mal schnell mit dem Überfallkommando an die Post!« Und dann?

Sie standen an einem Fenster und schauten trübsinnig hinaus in das Schneetreiben. Noch nicht drei Uhr war es und schon sah es aus, als finge es zu dämmern an. Es kam ihnen vor, als wäre Weihnachten in Nebel und Nacht versunken, als würde nun nie, nie mehr das schöne Fest kommen.

Mala stieß einen kleinen Schrei aus und fuhr totenblass herum. Es hatte ihm einer auf die Schulter getippt ... »Herr Behrmann?«, rief er dann ganz erleichtert. »Ich dachte schon –«

»Na, was denn? Du machst ja ein Gesicht wie 'ne Katze, wenn's donnert. Was ist denn los mit euch? Und was treibt ihr hier an der Post?«

Mala sah Boddas an und Boddas nickte ...

»Hören Sie mal, Herr Behrmann«, sagte Mala jetzt, »haben Sie eine halbe Stunde Zeit für uns? Ich möchte Ihnen was erzählen. Etwas sehr Wichtiges ...«

»Dann schieß los, Junge«, ermunterte ihn der ewige Student, »wir haben ja sowieso gewisse kleine Heimlichkeiten zusammen ...«

Mala nickte eifrig.

»Ja, das Schuljubiläum, das hat auch damit zu tun. – Aber sagen Sie auch nichts weiter?«

»Hab ich vielleicht damals geschwätzt?«

Herr Behrmann lachte jetzt nicht. Die Jungen kannten ihn kaum wieder. So ernst war er auf einmal.

Ja, er hatte gemerkt, ganz plötzlich, dass es etwas Furchtbares war, was die Jungen bedrückte ...

»Was wolltet ihr hier an der Post?«, fragte er, »das müsst ihr mir zuerst mal sagen. Aber nicht wahr, ihr verkohlt mich nicht ...«

»Sie werden es ja doch nicht verstehen, wenn wir es sagen«, meinte Boddas, »wir wollten nach einem Brief fragen, den haben wir vorgestern an das Rote U geschickt, und nun wollen wir wissen, ob das Rote U ihn auch abgeholt hat!«

»Nu schlägt's aber dreizehn!«, rief Herr Behrmann und er sah einem nach dem andern tief in die ängstlichen Augen ... Nein, die logen nicht.

»Ich will euch was sagen«, meinte er dann, »wartet, ich werfe hier eben den Brief in den Kasten. Dazu bin ich ja gerade hergekommen. Denn der Brief soll noch zeitig zur Bahn. Also ihr geht jetzt mit mir. Hier um die Ecke ist ein kleines Café, da stört uns niemand. Ich stifte euch eine Tasse Schokolade und ein paar Kaffeeteilchen und dann könnt ihr mir erzählen!«

Bald saßen sie dann in dem kleinen Stübchen, niemand außer ihnen war da und die Wirtin saß hinten in einer Ecke und strickte.

»Also nun los, Mala, ich kann dich ja jetzt auch so nennen. Ich gehöre ja nun zu euch ... Mala, wie ist das mit dem Roten U? Wer ist das Rote U?«

»Ja, wenn wir das wüssten! Wir haben keine Ahnung ... Seit Sonntag haben wir ja nichts mehr von ihm gehört und Sonntag haben wir ihm geschrieben ...

Jetzt wollten wir sehen, ob es den Brief abgeholt hat ... Wir haben ja solche Sorge um den kleinen Bernhard ...«

»Hat der mit dem Roten U zu tun?«

»Aber, Herr Behrmann! Der und das Rote U!«

Und nun erzählte Mala, von Anfang bis zu Ende. Ab und zu fragte Herr Behrmann etwas dazwischen und immer mehr erstaunte er. Manchmal lachte er hell auf, und als Mala erst von dem Schuster Derendorf erzählte, wieherte er beinahe und die Tränen liefen ihm die Backen hinunter. Dann kam das mit dem schulfreien Tag, und weil diese Geschichte Herr Behrmann schon beinahe kannte, hatte er endlich Zeit einmal von dem Lachen auszuruhen und sich eine Zigarre anzustecken.

In der Zeit schlang Mala schnell ein Kaffeeteilchen herunter – Boddas, der nicht zu erzählen brauchte, hatte schon drei gegessen ...

»Weiter!«, sagte Herr Behrmann dann.

Und nun erzählte Mala das letzte Abenteuer. Dem Herrn Behrmann ging dabei die Zigarre wieder aus, und als Mala fertig war, rief er sofort die Wirtin, bezahlte und dann ging's in raschen Schritten zum Postamt hinüber.

»Ich möchte drauf schwören, dass der Brief noch da liegt«, sagte er, »denn euer Rotes U – na, ich will nichts gesagt haben ...«

Nun riss er an dem »Schalter für postlagernde Sendungen« einen Zettel von dem Papierblöckchen, das dort hing, und schrieb mit Bleistift darauf:

Rotes U

»Bitte, sehen Sie doch mal nach«, sagte er zu dem Schalterbeamten und hielt ihm den Zettel hin.

Der Mann in der Postuniform schüttelte den Kopf. So eine komische Adresse war ihm denn doch noch nie vorgekommen. Aber er sagte nichts, nahm einen Packen Briefe aus dem Fach und fing an nachzublättern. Da – die Jungen, die mit den Köpfen über das Schalterbrett schauten, kannten ihren Brief schon, den gelben Umschlag, mit dem Stempel links in der Ecke, Hermann Döll, Mühlenfabrikate ...

»Danke«, sagte Herr Behrmann, nahm seinen Brief und ging mit den beiden an ein Fenster. Gleich riss er den Umschlag auf und nun las er. Zuerst den Brief, den die Jungen geschrieben hatten, und dabei lachte er immer wieder schallend heraus ... Nun den anderen Brief – aber jetzt wurde Herr Behrmann ernster und schließlich schaute er ein paar Augenblicke in das Dämmern und den Schnee hinaus, dann sagte er: »Kommt, jetzt geht unsere Arbeit los ... Aber zuerst wollen wir den Herrn ›Aujust‹ mal ein bisschen verhaften lassen. Wollen mal eben telefonieren!«

Die beiden Jungen baten und bettelten so lange, bis sie sich mit in die Telefonzelle quetschen durften. Und nun hörten sie, wie Herr Behrmann das Polizeipräsidium anrief.

»Bitte Herrn Kommissar Rademacher!«, sagte er und dann dauerte es ein Weilchen. Endlich hörte man eine Stimme im Apparat schnarren und nun nannte Herr Behrmann seinen Namen ... »Ja, ganz richtig, Herr Kommissar – Behrmann, vom Tageblatt

... Und nun notieren Sie sich, bitte, folgenden Namen: August Liebenbein, Gerresheimer Straße 307, 3. Stock links. Ich habe erfahren, dass die drei Kerle, die Sie heute Morgen im Fährgässchen festgenommen haben, vorgestern an den Mann einen Brief schrieben ... Warten Sie, ich lese ihn vor – ich habe eine Abschrift da ...«

Und nun las Behrmann langsam, Wort für Wort. Die Polizei am anderen Ende der Leitung schrieb sicher mit. Und als er fertig war, da sagte Behrmann noch: »Jetzt dürfen Sie die drei natürlich nicht entlassen. Danke schön, Herr Kommissar! Ich komme heute Abend noch mal herüber zum Präsidium!«

Das Schneetreiben hatte aufgehört und der klare Mond glitzerte nun über dem Rhein.

Silli und die beiden Jungen, Knöres und Döll, stampften auf und ab an der Rheinpromenade, immer gerade gegenüber dem Fährgässchen. Es war ihnen zu gefährlich, selbst zwischen den dunklen Häusern herumzuspionieren. Wie leicht hätte das einem auffallen können! Und von hier aus sahen sie ja in dem hellen Mond und dem Schneelicht auch jeden, der hindurchkam.

Wenn nur Boddas und Mala da wären! Sie hatten ihnen so Wichtiges zu erzählen ... Aber kamen sie da nicht? Nein, das war nur ein kleiner, dicker Mann mit zwei Jungen ... Und sie waren es doch! Aber der Mann bei ihnen? Wer konnte das sein?

Knöres wusste es schon. Er sah Silli und Döll an und flüsterte beinahe andächtig: »Das Rote U!«

Vielleicht hatten sie es gerade an der Post getroffen, als es den Brief abholen wollte ...

Die drei wagten gar nicht ihnen entgegenzugehen. Sie waren ganz voll von Ehrfurcht. Doch der fremde Mann gab ihnen schon die Hand.

»Na, da seid ihr ja. Und nun wird euch der Onkel Behrmann mal ein bisschen helfen.«

Ganz enttäuscht waren sie. Also Herr Behrmann war das nur, der Mann mit dem Schuljubiläum. Aber vielleicht war Herr Behrmann das Rote U? Man konnte es doch nicht wissen.

Und Silli sagte: »Wenn Sie das Rote U sind, Herr Behrmann, dann will ich es Ihnen gleich erzählen: Vor einer Stunde, wie es gerade dunkel wurde, ist ein Kerl in die alte Schreinerei neben der Villa Jück gegangen, und erst als es halb fünf schlug, ist er wieder herausgekommen ... Man kann die Spuren im Schnee jetzt noch sehen. In einer halben Stunde sind sie wieder verschneit!«

»Nanu?«, rief Herr Behrmann, »habt ihr das ganz genau gesehen?«

»Ganz genau ...«

»Aber die drei Kerle sind doch noch eingesperrt –«

»Dann war's eben der ›Aujust‹«, rief Knöres sofort.

»Natürlich, der August Liebenbein. Wir haben eben den Brief an ihn wieder abgeholt. Das Rote U ist noch nicht an der Post gewesen. Ihr seid dem Kerl natürlich nachgegangen?«

»Ja, ein Stückchen«, sagte Silli kleinlaut, »aber es war so furchtbar am Schneien auf einmal – da haben wir ihn aus den Augen verloren ... Hinten an der Hafenstraße ging er um die Ecke und auf einmal war er fort ... Es kam auch grad eine Straßenbahn, die fuhr ganz langsam, und vielleicht ist er da hinaufgesprungen.«

»Na, dann wird ihn die Polizei ja verfolgen ... Und jetzt, jetzt gehn wir natürlich mal in der Villa Jück nachsehen.«

»Das wollten wir auch schon tun«, sagte Knöres, »aber wir hatten Angst, einer von den Kerlen käme zurück.«

»Das war klug von euch«, lobte Herr Behrmann, »denn ihr konntet ja nicht wissen, dass ich die Polizei wegen des August angerufen hatte. Also los! Ich werde ja hoffentlich nicht zu dick sein für das Mauerloch im Schuppen.«

Aber sie hatten noch kaum ein paar Schritte vom Rhein weg getan, da sahen sie drüben an der Kirche ein Auto mit hellen Scheinwerfern um die Ecke flitzen ... Da, nun hielt es und von weitem konnten sie genau sehen: Es stieg einer aus, gab dem Taxifahrer Geld und ging dann eilig auf die Fährgasse zu.

»Verstecken!«, rief Herr Behrmann.

Aber als er sich umsah, war schon keiner von den Roten-U-Leuten mehr da. Fort waren sie wie ausgeblasene Lichter.

»Die sind fixer als ich!«, dachte Herr Behrmann und langsam ging er in die Gasse hinein, wie wenn er einen Spaziergang an den Rhein gemacht hätte und nun, froh über den schönen Winterabend, nach Hause bummelte.

Der Fremde musste also an ihm vorüber. Vielleicht

war er ein harmloser Mann, der sich hier nur bis in die Nähe seiner Wohnung hatte fahren lassen. Doch man konnte nicht wissen. Stehen bleiben und ihm nachschauen, das ging aber nicht. Herr Behrmann spazierte also mit brennender Zigarre an ihm vorüber ... Ja, der Mann musste Eile haben und vielleicht auch kein gutes Gewissen. Denn er hatte den Mantelkragen hochgeschlagen und die Sportmütze tief in das Gesicht hinabgezogen. Man konnte wirklich nur seine Nasenspitze sehen. Aber schon war er vorbeigehastet und Herr Behrmann bog um die nächste Ecke. Er hatte keine Sorge. Fünf Paar junge Augen folgten jetzt dem Fremden und diese Augen waren scharf wie die Augen der Adler.

Richtig, er war noch nicht weit gegangen, da knirschte es hinter ihm im Schnee und wie aus der Erde gewachsen stand Knöres da.

»Herr Behrmann«, stieß der Junge ganz außer Atem hervor, »der Lump ist durch den Torweg in die Schreinerei gegangen ... Ganz lange Schritte hat er gemacht, dass man nicht so viele Spuren sehen sollte.«

Herr Behrmann begriff sofort: Der Mann war eben mit der Straßenbahn nach Hause gefahren und vielleicht hatte er gerade die Polizei, die ihn verhaften wollte, hineingehen sehen. Da hatte er natürlich sofort kehrtgemacht, sich ins nächste Taxi gesetzt und war wieder hierher geeilt.

»Jetzt versteckt er sich vor der Polizei in der Villa Jück!«, sagte Knöres.

Aber Herr Behrmann schien das besser zu wissen.

Er hatte auf einmal eine Eile, als ginge es um Tod und Leben.

»Junge«, sagte er, »du rennst jetzt, so schnell wie du kannst, drüben in die Wirtschaft und sagst dem Wirt, er soll sofort das Überfallkommando nach der Villa Jück bestellen ... Schnell, schnell!«

Im nächsten Augenblick war der Knöres weg und der Schnee sprühte hinter ihm hoch.

Aber auch Herr Behrmann rannte jetzt. Obwohl er ein bisschen dick war. Rannte an dem öden Haus vorbei ... da, nun war die Gasse zu Ende ... Wo waren nur die Kinder? Aha, da aus einem Hauseingang sah er Sillis rote Wollmütze spitzen.

»Wo sind die anderen, Silli?«

Aber da kamen sie schon.

»Habt ihr Courage, Jungens?«

»Sie fragen aber blöd!«, sagte Boddas.

»Dann hinein in die Villa Jück! Der Kerl ist bestimmt schon im Keller. Silli, du bleibst hier und wartest auf das Polizeiauto ... Sagst, wir wären schon drin ...«

Schon stand das Mädchen allein da und ängstlich schaute es sich um. Es wusste kaum, wie das so schnell alles geschehen war. Aber da kam auch schon Knöres aus der Wirtschaft gerannt und hinter ihm drein all die Leute, die darin gesessen hatten. Da war das Überfallkommando gerufen worden und das wollten sie natürlich sehen ...

»Was ist denn los? Was ist passiert?«

Alle fragten sie durcheinander.

Aber Silli und Knöres gaben keine Antwort. Sie zitterten nur so vor Aufregung.

Gott sei Dank – da kam das Polizeiauto und fünf, sechs, sieben Polizisten sprangen ab, an ihrer Spitze der Herr Kommissar Rademacher. Knöres erkannte ihn sofort.

»Da drin, Herr Kommissar, da drin sind sie!«, rief er.

»Wer denn? Nun rede doch, Junge!«

»Wer denn? Der Herr Behrmann natürlich, und die anderen vom Roten U – die sind hinter dem Kerl her, der hat sich drinnen versteckt –«

»Dann los, wir haben ja den Schlüssel –«

Und schon knirschte der gewaltige Schlüssel im Schloss, aber es wollte nicht nachgeben.

»Man kann auch hinten herum, durch das Mauerloch!«, rief Knöres hastig.

Aber da stöhnte die alte Tür in ihren Angeln und schwarz starrte ihnen der Eingang entgegen.

Zuerst sahen sie nichts, hörten nichts. Aber dann schwankte auf einmal der Lichtschein einer elektrischen Taschenlampe die Kellertreppe hinauf.

»Hände hoch!«, wollte gerade der Polizist rufen und seinen Revolver hatte er in der Faust – aber da erkannte er Herrn Behrmann und Herr Behrmann hatte den Finger auf den Mund gelegt.

»Kommen Sie ein Stückchen mit, Herr Kommissar, etwas weiter vom Kellerloch ab ... Drunten halten meine Jungen Wache ... und auf die können wir uns verlassen –«

»Warum denn auf einmal so leise? Was ist los?«

»Wir sind nun doch zu spät gekommen, Herr Kommissar«, sagte Behrmann, »der Kerl, dieser August Liebenbein nämlich, war schon unten und jetzt ist er in den Kellerschacht geklettert ... Da können wir ihn nicht herausholen. Drunten muss er den vermissten Jungen haben, wahrscheinlich in einem Faltboot! Denken Sie an den Brief! Da hatten ihm die drei ja geschrieben, er sollte mit dem Faltboot zur Stelle sein ... Der Schacht geht nämlich gerade hinab in den Rhein –«

»Unsinn!«, brummte der Kommissar, »wird wohl ein Brunnen sein!«

»Und was soll der Mann in einem Brunnen machen?«

»Ja, da müsste der Schacht doch in einen Stollen führen und der Stollen in den Rhein. So was gibt's aber gar nicht. Nur ein einziger Kanal, der Abfluss von unseren Teichen hier, führt in den Rhein.«

»Da haben wir's ja und der Stollen geht eben irgendwo in diesen Kanal ... Wie stellen Sie sich das nun vor? Sollen wir hinter ihm drein schwimmen?«

Der Kommissar dachte eine Weile nach.

»Hat er Sie und die Jungen gehört?«, fragte er dann.

»Nein, ich glaube nicht!«, erwiderte Behrmann, »und wenn er wüsste, dass wir hinter ihm her sind, dann wirft er den Jungen womöglich ins Wasser. Drum sagte ich Ihnen auch, Sie sollten leise machen.«

Der Kommissar winkte einem Polizisten: »Gehen Sie mal rüber zur Feuerwehr, das ist ja nur drei Minuten weit – sie soll sofort an den Kanalausgang kommen, aber bitte ohne den üblichen Feuerwehrspektakel ... und irgendwo einen Kahn auftreiben –«

Knöres und Silli hatten alles mit angehört und schon waren sie fort. Sie wussten ja ganz genau, wo der alte

Kanal in den Rhein ging, und gewiss waren sie eher da als Feuerwehr und Polizei.

Schon sprangen sie die Basalttreppe zum Kai hinab und vor sich sahen sie den weiten Strom, auf dem in unendlichem Zuge die Schollen hinabrauschten.

»Da, da!«, stieß Knöres auf einmal hervor, zeigte hinab auf das Ufer und packte Sillis Arm.

Nun sah das Mädchen es auch. Gerade da, wo das schwarze Kanalloch unter der Mauer war, sprang eine dunkle Gestalt, ein großes Bündel trug sie schwer auf der Schulter und nun stolperte sie über den hart gefrorenen Flussrand hinab dem knirschenden Strome zu.

Wollte der Mann von Scholle zu Scholle springen und dann auf die andere Seite? Ja, gewiss, schon hatte er die erste Scholle erreicht, deutlich sahen die Kinder, wie sie schwankte, als er darauf sprang. Nun die zweite ... Ja, er würde hinüberkommen. Denn nicht einmal in der Rheinmitte war eine Wasserrinne mehr frei. Oh, wenn doch die Polizei nur käme! Wie die Schollen schwankten! Und jetzt war der Mann mit seinem Bündel schon ein Stück abwärts getrieben ... Nun springt er wieder ... nein, er macht nur einen längeren Schritt. Zu springen braucht er ja gar nicht. Dafür schwimmen die Schollen zu nah beieinander.

Am liebsten möchte sich Silli die Hände vor die Augen halten. Und hell schreit sie plötzlich auf – der Mann ist ausgerutscht, aber nun hat er sein Bündel wieder gepackt und will weiter. Doch bei Sillis Schrei schaut er um. Und wieder schreit das Mädchen, noch

viel schrecklicher, noch viel gellender ... Der Mann ist beim Umschauen fehlgetreten, schwer nach der Seite schwankt die Scholle und er ist verschwunden. Das Bündel aber liegt am Rand auf dem kreisenden Eisinselchen. Die eine Seite taucht ein ganzes Stück tiefer hinab. Wird sie halten? Und wenn sie weiter hinabtreibt – wer wird dann den armen Jungen noch finden können in den Millionen Schollen bis hinab nach Wesel und Emmerich? Und wenn's dazu diese Nacht noch schneit? Schon jetzt fallen wieder da und dort dicke Flocken ...

Wie diese Gedanken alle so schnell durch Sillis Köpfchen gingen, wusste sie später selber nicht mehr. Aber Knöres hörte fast noch ihren Schrei, als er sie auch schon die Treppe hinabrasen und wie eine Feder von Scholle zu Scholle springen sah.

Oh, Silli hatte keine Angst, sie könnte untergehen, nur entsetzlich fürchtete sie sich ... jeden Augenblick würde neben ihr der Kerl auftauchen und sie in die Tiefe reißen. Aber sie sah sich gar nicht um. Hielt den Blick nur starr auf die Scholle mit dem Bündel. Immer näher kam sie ihm, immer näher. Und nun hatte sie's erreicht. Ein leichter Sprung, und sie stand neben dem Bündel. Wie die Scholle schwankte! Und fast schwindelig wurde es ihr, mitten in all diesem kreiselnden Eis. Vorsichtig ließ sie sich auf die Knie nieder und dann zog sie das stille Bündel mit allen Kräften etwas mehr vom Rande ab. Ja, nun schwamm das Eisstück wieder waagerecht und das Mädchen konnte aufatmen.

Aber sie war auf einmal so müde. Um sich her hörte sie nichts als das ungeheure Singen und Mahlen der

Schollen. Wohl kein Wort hätte sie mehr vom Ufer her verstehen können. Und es war ein grauenvoller, entsetzlicher Gesang, ein Gesang nicht wie ein Lied. Nein, alle Stimmen der Welt waren in diesem Getön. Das war ein Knirschen und Stöhnen, ein Pfeifen und Ächzen, ein Brüllen wie von weither und wie aus der Tiefe, und dazu die stille Nacht rundum, in der alles hundertfach laut ineinander tönte.

Kaum wagte Silli sich umzusehen, vor Angst, sie würde schwindlig. Aber nun musste sie es doch. Irgendwo mussten sie geschrien haben – ja, da liefen sie schon. War's die Feuerwehr? Die Polizei? Sie konnte es nicht mehr erkennen. Alles flimmerte ihr vor den Augen. Aber noch einmal lächelte sie froh und glücklich. Denn sie sah, wie das Bündel vor ihr sich bewegte. Und sie schlug ein wenig die alte Decke zurück ... Ja, da sah sie das todbleiche Gesicht des kleinen Ulrich Bernhard. Und die Augen hatte er aufgeschlagen.

»Silli, liebe Silli!«, hörte sie ihn noch sagen. Und dann sah und hörte sie nichts mehr.

Als sie wieder zu sich kam, schaute sie verwirrt um sich. Und schnell richtete sie sich auf. Sie saß auf einem schwarzen Ledersofa in einem kleinen Zimmer. Darin bullerte ein dicker alter Ofen, der glühte, als wenn er alles um sich her fressen wollte, und um sie herum standen viele Polizisten und ein paar Feuerwehrmänner. Und neben ihr, ja, da lag der kleine Bernhard und schlief.

»Na, Kleine, wieder munter?«, sagte der Herr Kommissar Rademacher.

Sie schaute mit scheuen Augen um sich.

»Das war ja famos, was du da gemacht hast. Wir hätten den Jungen ohne dich nie mehr gefunden. Es schneit schon wieder in dicken Flocken –«

»Nicht wahr, Herr Kommissar«, sagte sie, »der Herr Behrmann ist doch das Rote U?«

Der Polizist schüttelte den Kopf.

»Ich weiß gar nicht, was ihr immer von dem Roten U daherredet«, sagte er.

Also der wusste noch nichts! Umso besser!

»Wo sind denn die anderen?«, fragte sie, »mein Bruder und der Knöres und der Döll und der Mala?«

Ja, die waren alle zum Herrn Landgerichtsrat Bernhard gelaufen und jeden Augenblick mussten sie zurückkommen.

Silli sprang auf.

»Ich laufe ihnen entgegen!«

Und hinaus war sie.

Mit langen Schritten ging der Richter neben Herrn Behrmann her. Der arme Herr Behrmann konnte kaum Schritt halten. Und die vier Jungen marschierten mit ernsten, wichtigen Gesichtern drum herum und unterhielten sich flüsternd über das Rote U.

»Ja, Herr Landgerichtsrat, da können Sie von Glück sagen. Ohne die tüchtigen Jungen hätten Sie Ihren Kleinen wohl so leicht nicht wieder gesehen ... Wissen Sie eigentlich, wer das Rote U ist?«

Der Richter hatte keine Ahnung.

Und nun sagte ihm Herr Behrmann etwas ins Ohr.

»Sind Sie des Teufels, Herr Behrmann?« Der Richter war ordentlich zusammengezuckt.

»Herr Landgerichtsrat, es ist so, wie ich sage! Und wäre dies Rote U nicht auf dem Posten gewesen und hätte aufgepasst – weiß Gott, was passiert wäre! Das Rote U hat durch die Jungen die drei Verbrecher beobachten lassen von dem Augenblick an, wo sie aus dem Gefängnis kamen. Das Rote U hat geahnt, dass sie was im Schilde führten. Und hätte das Rote U den Brief, den ihm die Jungen am Sonntag schickten, gleich am Montag abholen können, dann wäre Ihr Junge von den Kerlen gar nicht verschleppt worden. Aber als wenn es das Rote U geahnt hätte – schon vor zwei Monaten hat es von den Jungen die so genannte Villa Jück untersuchen lassen, bis tief in den Keller hinab. Das Rote U hat gedacht: Die Lumpen kommen sicher dorthin zurück! Und das ist unser, ist Ihr Glück gewesen.«

»Ja, und dann die Silli!«, rief der Richter.

»Das ist nämlich meine Schwester!«, sagte Boddas.

»Ja, deine Schwester, das ist ein Mädchen! Was meinen Sie, Herr Behrmann, weshalb wollte der Vierte von den Kerlen mit dem Jungen über den Rhein?«

»Oh, auf der anderen Seite hätte ihn vorläufig so leicht keiner gesucht! Und nach ein paar Wochen hätte er Ihnen vielleicht aus Holland geschrieben, wenn Sie ihm nicht dreißig- oder fünfzigtausend Mark schickten, dann sähen Sie den Kleinen nicht wieder. Und hätten Sie dann die Polizei angerufen, dann wär's um ihn geschehen gewesen ...«

Das Rote U

Es war Weihnachtsabend. Sonst wurde überall, bei Bodens, bei Schlössers, bei Dölls und bei den Eltern von Knöres immer schon am Heiligen Abend beschert. Aber diesmal sollte der Baum erst des Morgens, nach der Christmesse, angesteckt werden. Und als nun um sechs Uhr abends die Weihnachtsglocken läuteten, ging bei Bodens, ging bei Dölls, ging bei Knöres und Schlössers die Haustür auf und die Kinder kamen heraus. Alle liefen sie der alten Kirche zu. Denn dort wollten sie sich treffen.

Richtig, als Boddas und Silli kamen, denn die hatten den weitesten Weg, waren die anderen schon da. Und nun gingen sie mit raschen Schritten über den funkelnden Schnee dem Berger-Ufer zu, wo Bernhards wohnten. Und zu Bernhards sollten sie am Heiligen Abend kommen.

Schnell waren sie in der kleinen stillen Straße und da war auch schon das Haus. Ja, der Lichterschein des Baumes strahlte schon durch das hohe Fenster. Aber wenn sie gedacht hatten, ihr neuer Freund wäre ihnen entgegengesprungen, als sie geklingelt hatten, so waren sie im Irrtum. Ein feines Dienstmädchen öffnete und führte sie nach oben. Und droben nahm sie die Frau Bernhard in Empfang ... Oh, die war ja ganz greis geworden. Silli sah es sofort. Und vor ein paar Tagen war sie noch blond gewesen. Aber sehr glücklich sah sie aus.

»Da seid ihr ja!«, rief sie. »Nun zieht eure Mäntel aus und kommt! Das Christkind ist schon da gewesen –«

Aber als nun die fünf vor dem strahlenden Weihnachtsbaum standen, da schauten sie gar nicht so recht hin. Wo steckte denn nur der kleine Bernhard? Nirgends war er zu sehen! Ob er krank war?

Aber sie hatten gar keine Zeit zum Fragen. Schon führten der Richter und die Frau Bernhard sie an einen kleinen Tisch, der ganz beladen war mit Geschenken. Da gab's für jeden ein paar wunderbare verchromte Schlittschuhe, dann für Silli eine goldene Armbanduhr, prachtvolle Taschenlampen für die Jungen, und noch vieles, vieles andere. Dazu bekam jeder einen Teller mit den feinsten Ess-Sachen – Printen, Spekulatius, Marzipan –, aber sie schauten doch immer von den Herrlichkeiten weg. Vielleicht entdeckten sie den blassen Jungen irgendwo in einer Ecke, wo er sich gewiss versteckt hatte. Und Silli hob sogar verstohlen den schweren Vorhang beiseite. Aber niemand war dahinter. Die Frau Bernhard hatte das wohl gesehen. Und nun lächelte sie ganz vergnügt und sagte: »Ja, Kinder, das war nun der erste Teil. Jetzt will ich euch mal etwas anderes zeigen. Oder nein, ich zeig es euch nicht ... geht nur selber hinein –«

Sie zeigte auf die Nebentüre und der Landgerichtsrat steckte sich schmunzelnd eine Zigarre an.

Silli klopfte.

»Meine weißen Brüder mögen eintreten!«, rief eine Stimme von drinnen.

Zögernd machte das Mädchen die Türe auf. Und da standen sie nun.

›Den Kopf könnt man mir abschlagen –‹, dachte Boddas, ›hier sag ich nun gar nichts mehr –‹

Denn nur ein Teppich lag in dem großen Zimmer und darauf waren fünf mächtige Indianerzelte aufgebaut, in jeder Ecke eines und eines in der Mitte. Und vor dem mittleren stand in feierlicher Haltung ein kleiner Indianerhäuptling in vollem Kriegsschmuck. Rot war sein Gesichtchen bemalt, den Medizinbeutel und die Friedenspfeife hatte er umhängen, im Gürtel Messer und Tomahawk ... In der Hand hielt er seinen Schild, einen schwarzen Schild.

Und auf den schwarzen Schild war ein riesiges rotes U gemalt.

Und nun nahm das Rote U die Friedenspfeife und winkte die fünf näher zu sich heran.

Aber keiner rührte sich ...

Also der Ühl, der arme kleine Bernhard-Junge, war das Rote U gewesen! Das Rote U, das nun in seiner ganzen Pracht und Herrlichkeit vor ihnen stand! Kaum wagten sie ihn recht anzusehen. Denn sie schämten sich plötzlich alle ein bisschen, und vielleicht am meisten darüber, dass sie die Sache nicht schon längst gemerkt hatten.

Waren die Zettel des Roten U nicht meistens in ihren Büchern gewesen? Und dahinein konnte sie der Lehrer doch nicht gut gelegt haben! Und wussten sie nicht ganz genau, dass die Entschuldigungen für den kleinen Ulrich – denn der schwächliche Junge hatte oft in der Schule gefehlt – immer mit der Schreibma-

schine getippt waren? Und wer von ihren Eltern hatte eine Schreibmaschine? Doch nur der Baumeister Boden und dann – der Landgerichtsrat Bernhard!

Da fiel dem Boddas denn auch sofort der Sonntagsausflug nach Angermund ein. Der Ulrich hatte damals von den Verbrechern aus der Villa Jück erzählt, und als dann der neue Befehl des Roten U kam – da hatten sie wieder nichts gemerkt! Und sie waren doch sonst so schlau! Und überhaupt: Mit welchem Buchstaben fing der Name Ulrich an? ... Da hatten sie also einmal eine schöne Lehre bekommen!

Und nun sprach das Rote U. Sie hörten es zuerst wie aus weiter Ferne, aber gleich horchten sie auf: »Meine liebe weiße Schwester, die Blume der Prärie, und meine berühmten weißen Brüder mögen näher treten! Denn das Rote U hat Verlangen danach, mit ihnen die Pfeife des Friedens zu rauchen!«

Ganz scheu sahen sie den kleinen Kameraden an. Konnte der sprechen! Das war ja der richtige Winnetou!

Und noch viel mehr sagte das Rote U zu seinen neuen Freunden, aber diese berühmten Bleichgesichter hatten bald alles vergessen. Und gar nicht lange dauerte es, da war eines der Zelte in der behaglich durchwärmten Diele aufgeschlagen, ein anderes auf dem Speicher, das dritte im Fremdenzimmer und in der Wäschestube das vierte. Nur der Wigwam des Roten U war an dem alten Ort geblieben. Und treppauf, treppab schlichen verwegene Späher, die Kriegsbeile in der Faust. Dann tobten sie wieder in wilder Horde das Stiegenhaus donnernd hinab und das sonst so stille

Haus hallte wider von schauerlichem Angriffs- oder Siegesgeheul.

Doch Ulrichs Eltern ließen die Kinder gewähren. Erst als sich ein Lasso in dem Kronleuchter verfing und zugleich dem Dienstmädchen ein Pfeil in dem dichten braunen Haar stecken blieb, mussten die Friedenspfeifen geraucht werden. Eigentlich waren es ja Friedenszigarren und die Zigarren waren sogar aus Schokolade. Aber das machte nichts. Sie schmeckten doch.

Und erst recht schmeckte dann die Weihnachtsgans. Doch sie war noch nicht gegessen, da hatten sich die fünf bereits mit ihrem Häuptling, dem Roten U, für den nächsten Nachmittag wieder verabredet zu neuem Spiel.

Und nun stampften sie durch den knirschenden Schnee, beladen mit ihren Geschenken und auf den Schultern die zusammengerollten schweren Zelte, durch die stille Weihnachtsnacht heim.

»Ich habe schon Angst gehabt«, sagte Silli, »dass einer von euch wieder der Räuberhauptmann und der oberste Häuptling sein wollte –«

Mala schaute sie groß an.

»Wieso? Die ganze Zeit ist das Rote U unser Hauptmann gewesen und wir haben keine Ahnung davon gehabt – und nun kann er es erst recht bleiben! Das ist doch klar wie Buttermilch! Howgh!«

»Überhaupt auf diese Idee zu kommen!«, sagte Boddas. »Das soll ihm mal einer nachmachen! Nein, dem haben wir schwer Unrecht getan ... So'n Kerlchen, wer hätt das gedacht!«

»Da könnt ihr langen Laster alle nicht gegen an!«, lachte Silli, »sieht aus so schwach und krank, dass man meint, man könnt ihn umpusten! Und in dem armseligen Laternchen so ein Licht!«

»Da haben wir mal wieder was gelernt«, brummte Knöres, »so viel – wahrhaftig, dafür könnten wir ein ganzes Jahr die Schule schwänzen!«

»Und mit unserem Roten U auf Abenteuer ausziehen!«, sagte Boddas.

»Ob es denn jetzt auch so weitergeht?«, meinte Döll.

»Aber klar!«, rief Silli, »mir hat er es doch gesagt! Jetzt, das sollten ja nur so Probestückchen sein ... Er hätte doch schon immer so gern mit uns gespielt. Aber er hätt es gar nicht gewagt, es euch zu sagen. Kleiner Körper, kleine Seele, hättet ihr gedacht ... Na, und da wäre er denn gleich mit Taten gekommen. Und jetzt würden wir's aber noch viel toller treiben –«

Da schwang Boddas seinen Tomahawk, dass die Silberschneide im Mondlicht funkelte, und rief über die stille weihnachtliche Straße hin: »Das Rote U, es lebe –«

»Hoch, hoch, hoch!«, schrien sie alle zusammen.

Sie merkten gar nicht, dass an dem Haus, an dem sie eben vorüberkamen, droben im vierten Stock ein Fenster aufging, und ganz erschrocken waren sie, als eine laute Männerstimme hinabrief: »Ja, es lebe hoch! hoch! hoch!«

Das war der Herr Behrmann.

Sie hatten gar nicht daran gedacht, dass er hier wohnte.